Zypressentraum

AF286549

Gewidmet meinem Enkel Bennet, der gerade erst das
Licht der Welt erblickt hat

*Werde ein guter Mensch, der alle Geschöpfe dieser
Erde achtet!*

*»Wer die Würde der Tiere nicht respektiert,
kann sie ihnen nicht nehmen,
aber er verliert seine eigene«*

Albert Schweitzer

Marica Voos

Zypressentraum

Die Geschichte vom Niemandshund Nicky

Bibliografische Information der Deutschen Nationalbibliothek
Die Deutsche Nationalbibliothek verzeichnet diese Publikation in der
Deutschen Nationalbibliografie; detaillierte bibliografische Daten sind
im Internet über http://dnb.d-nb.de abrufbar.

Satz, Umschlaggestaltung, Herstellung und Verlag:
Books on Demand GmbH, Norderstedt
ISBN 978-3-8448-6242-3

Vorwort

Dieses Buch ist für tierliebe Menschen gedacht und soll animieren, wenn man sich verantwortungsbewusst für einen Hund entscheidet, einem Tier aus dem Süden ein Zuhause und damit eine Chance zu geben.

Am 29.11.2010 hielt ich im Flughafen Hamburg zum ersten Mal unseren kleinen Nicky in den Armen. Er kam, vermittelt über einen norddeutschen Tierschutzverein, mit einer Linienmaschine direkt aus Zypern.

Nicky ist auf Grund alter, nicht behandelter Verletzungen behindert und hat die Mittelmeerkrankheit Ehrlichiose. Die Behinderung von Nicky stellte sich erst während der Vermittlungsgespräche mit dem Tierschutzverein heraus, hielt uns aber von unserer Entscheidung für Nicky nicht ab, sondern hat uns eher noch darin bestärkt.

Wir haben uns bewusst dafür entschieden, einen Hund aus dem Süden bei uns aufzunehmen, da wir in unseren Urlauben auf den kanarischen Inseln das Hundeelend mitbekamen. Diese armen Kreaturen werden ausgesetzt, angefahren, misshandelt, häufig sogar getötet. Sie hungern, sind krank und voller Parasiten.

Nicky erzählt in diesem Büchlein seine Geschichte. Wie seine Verletzungen entstanden sind, weiß niemand genau, aber die Beschreibung entspricht dem Schicksal vieler Hunde aus südlichen Ländern.

Nicky ist heute 10 Monate alt. Dass er jetzt bei uns lebt, verdankt er dem unermüdlichen und engagierten

Einsatz von Tierschützern auf Zypern und in Deutschland. Diesen Menschen gilt unsere ganze Hochachtung und unser Dank.

Nicky hat unser Leben komplett auf den Kopf gestellt. Wir lieben ihn über alles und er uns. Das zeigt er uns jeden Tag aufs Neue. Niemals würden wir ihn wieder hergeben. Seine kleine Hundeseele hat, getragen von vielen helfenden Händen, ihren Frieden gefunden- nicht über dem Regenbogen, sondern in einer Kleinstadt ganz im Osten Deutschlands.

April 2011   Marica Voos

Kaum geboren, schon verloren

Man nennt mich Nicky. Ich bin ein Tierschutzhund aus dem Süden, ich habe zwei Humpelbeinchen und Ehrlichiose.

Wann ich geboren wurde, weiß ich nicht genau. Man sagt, es muss irgendwann im Juni letzten Jahres gewesen sein, irgendwo auf Zypern. Aber ich war ein durch und durch gesunder winziger Hund.

An den Geruch meiner Mama kann ich mich nicht erinnern. Nur manchmal, wenn ich nachts träume, sehe ich eine weiße Cyprus- Pudelin mit vielen kleinen Babies. Die Pudelin ist schön wie eine Schneeflocke, mit dunklen Kristallen an den Ohren und Augen so schwarz wie das Universum. Ob das meine Mama ist? In meinen Träumen lebt sie in einem kleinen dunklen Hinterhof und ist ganz traurig. Sie weint, weil sie als Gebärmaschine ein freud- und liebloses Leben fristen und schon wieder Babies kriegen musste. Auch im Süden bringen schöne Hunde gutes Geld. Mama weiß das und hat Angst um ihre Kinder. Ihre Augen blicken dann tränenverschleiert zum Himmel und das Universum nimmt die Farbe der Milchstraße an.

Ich weiß auch nicht mehr, wann man mich meiner Mama weg nahm, um mich zu verkaufen. Ich bin noch ganz klein, viel zu klein. Mir fehlt die Wärme meiner Mama, die süße Milch und ihre Zunge, die mein Bäuchlein streichelt. Ich vermisse meine Geschwister- kein Spielen und Raufen, kein Kampeln um den besten Platz an der Milchtheke, keine gemeinsamen Erkundungen, kein Erziehungsstups von Mama. Totunglücklich gehe ich mit meinen neuen Eltern mit.

Wir fahren über trockene staubige Pisten. Ich habe Hunger, ich habe Durst, ich habe Sehnsucht nach meiner Mama und meinen Brüdern und Schwestern. Still weine ich vor mich hin. Endlich kommen wir zu Hause an. Beim Aussteigen aus dem heißen Auto sehe ich ein großes weißes Haus mit einem unendlich weiten und grünen Garten. Überall wachsen Palmen und säulenartige Zypressen. Ich denke, wo es so viele Markiersäulen gibt, ist es vielleicht gar nicht so schlecht. Schließlich sagen die Menschen, die Zypresse soll der erste Baum im Paradies gewesen sein. Doch ein Dienstmädchen packt mich wie einen Plüschhasen und trägt mich in den ersten Stock in ein Zimmer. Dort wohnen die beiden Kinder meiner neuen Familie. Was soll ich sagen, ich bekomme ein schönes Körbchen und einen Napf mit Wasser. Nur das Fressen will ich nicht. Dafür bin ich noch zu klein. Bis meine Familie versteht, weshalb ich nicht fresse, vergeht eine ganze Weile. Ich denke an Milch und kleine weiche Häppchen, die mein hungriges Bäuchlein füllen, und bekomme doch nur große trockene Brocken, viel zu groß für mein winziges Mäulchen. Ich glaube, meine Menschen wissen einfach nicht, wie sie so einen kleinen Knopf wie mich füttern sollen. Sie haben sich mit den Bedürfnissen eines jungen Hundes gar nicht auseinandergesetzt, ich bin nur als Spielzeug für die Kinder gedacht.

8

Stella und Nikolas toben mit mir, manchmal recht grob. Sie ziehen mich an meinen Ohren und meinem Schwänzchen, mir tut der Rücken weh. Aber ich lasse sie gewähren. Sie sind ja noch Menschenwelpen und wissen nicht, was sie tun. Wenn sie nicht mehr spielen wollen, soll ich ruhig sein. Das macht aber keinen Spaß. Die Kinder gehen anderen Beschäftigungen nach und lassen mich oft allein. Mein Hundereich ist das Kinderzimmer und der Balkon davor.

Mein Geschäft darf ich viel zu selten draußen vor der Hintertür verrichten. Passiert dann ein Malheur, schreien mich meine Menscheneltern an und stuken meine kleine Nase in die Pfütze oder das Häufchen. Das ist so eklig, aber sie sind stärker als ich. In den schönen Garten darf ich nie. Oftmals schaue ich aus dem Fenster oder vom Balkon und sehe in der Ferne das Meer. Es schimmert in allen Blau- und Grüntönen, mal wie ein Saphir, mal wie Jade, Türkis oder Opal. Wenn die Sonne am Abend im Meer versinkt, möchte ich ihr folgen. Zu gerne würde ich einmal meine Beinchen im Meerwasser baden und den langen Strand entlang flitzen, aber ich bin eingesperrt. Ich schaue zu den säulenartig in den Himmel ragenden Zypressen im Garten und habe nur einen Wunsch- einmal dort mein Beinchen heben. Als die Haustür offen steht, nutze ich eines Abends die Gelegenheit und entwische in den Garten. Ich laufe zu der schönsten Zypresse und zeige ihr, dass sie jetzt mir gehört. Sie dankt mir mit flüsternden Worten, verursacht von dem durch die Nadeln streifenden Wind und dem Knistern der Zapfen. Diese Worte klingen so zärtlich, dass ich gleich wieder an meine Mama denken muss.

9

Die Kinder verlieren immer mehr das Interesse an mir. Wenn ich dann wieder einmal alleine bin, strecke ich mich in meinem Körbchen aus, schlafe und träume vom Spielen mit anderen Hundekindern und Abenteuern im Garten und vor dem Gartenzaun. Die Welt, die mir meine Menschen zubilligen, ist zu eng für ein neugieriges Hundebaby. Immer wenn sich die Gelegenheit bietet, besuche ich heimlich meine Lieblingszypresse. Das mache ich so geschickt, dass niemand es mitbekommt. Aber einmal ertappt mich das Dienstmädchen und passt jetzt besser auf, dass die Haustür immer geschlossen ist. Damit gehören meine kleinen Ausflüge der Vergangenheit an. Mir bleibt nur noch ein trauriger Gruß an meine Zypresse vom Balkon aus. Das tue ich allerdings lautstark. Schließlich soll sie mich ja hören.

Nun bin ich schon 3 Wochen bei meiner neuen Familie. An einem Sonntagmorgen spielen die Kinder wieder einmal mit mir. Sie ziehen mich an meinen Beinchen über den Boden und tun mir weh. Diesmal wehre ich mich. Ich belle ganz laut und schnappe nach den Kinderhänden. Dabei zwicke ich Nikolas in den Arm- beißen kann ich mit meinen kleinen Zähnchen noch gar nicht. Aber das Geschrei des Jungen tönt ohrenbetäubend durch das Haus. Von meinen Menscheneltern höre ich laute Worte, die ich vorher noch nie gehört habe. Ob sie mich damit meinen? Ich höre: »Monster, Biest, Köter« und andere sicher schlimme Namen für einen kleinen Hund. Dabei habe ich doch gar nichts gemacht! Die Kinder sollten nur aufhören, mir weh zu tun. Nikolas' lautes Geschrei bewirkt, dass ich gefährlicher Hund erst

10

einmal in den Keller gezerrt und eingesperrt werde. Hier ist es kalt, feucht und dunkel. Unheimliche Gestalten mit langen Schwänzen flitzen an den Wänden entlang über den Boden und versetzen mich in Angst und Schrecken. »Mama, Mama, wo bist Du? Warum lässt Du mich allein?« Niemand will mich hören, niemand hilft mir. Irgendwann schlafe ich erschöpft in meinem Gefängnis ein.

Niemandshund

Am nächsten Morgen, als die Erde die Sonne freigibt, darf ich den Keller verlassen. Vor Freude wedle ich ohne Unterlass mit dem Schwänzchen. Meine Menscheneltern setzen mich auf die Rückbank ihres Autos, und wir fahren der Sonne entgegen. Endlich soll ich mein Gefängnis verlassen. Ich freue mich auf einen Tag am Meer, auf das Toben am Strand, das Spielen mit anderen Hundekindern. Wenn ich aus dem Fenster schaue, sehe ich das Meer schon ganz nahe. Meine Schwänzchen will sich gar nicht mehr beruhigen, mein kleines Hundeherz schlägt vor Aufregung ganz schnell und laut.

Auf der Küstenstraße, das Meer vor den Augen, öffnen meine Menscheneltern die Autotür. Sie setzen mich an den Straßenrand. Verständnislos sehe ich sie davonfahren. Sicher müssen sie etwas erledigen und ich soll derweil die Umgebung erkunden. Nachdem eine Weile vergangen ist, ohne dass ich ihr Auto kommen sehe, bin ich sicher, dass es so sein muss. So schnell ich kann, laufe ich ans Meer. Endlich kann ich meinen Bewegungsdrang ausleben. Ich flitze, was das Zeug hält, über den Kiesstrand, spiele mit den Steinen Murmeln und mit den Wellen Fangen. Das Wasser ist warm und liebkost mein Bäuchlein. Ich denke an meine Mama und ihre warme Zunge, die mich streichelt. Am Strand treffe ich andere Hunde, aber die wollen nicht mit mir spielen. Sie sehen auch so anders aus, irgendwie wild, zerzaust und hungrig. Die haben bestimmt kein Zuhause wie ich und

12

müssen sich alleine durchschlagen. Mit ihnen möchte ich trotz allem nicht tauschen. So verschwende ich keine trübseligen Gedanken und genieße den Tag am Meer in allen ein Hundeherz erfreuenden Facetten.

Als der Abend kommt, sind meine Menscheneltern immer noch nicht da. Ob sie mich vergessen haben? Ich sitze am Straßenrand und warte. Ich warte den ganzen Abend und die ganze Nacht. Nur das Sternenmeer sieht meinen Hunger, meinen Durst und meine Angst. Auf der Straße rasen viele große und kleine Autos vorbei. Nachts, wenn ihre Augen leuchten, sind sie besonders furchteinflößend. Ich mache mich ganz klein, damit sie mich nicht sehen. Ich weiß nicht, wo ich bin und wie weit es bis zu meinem Zuhause ist. Am nächsten Morgen überwinde ich meine Angst und mache mich auf die Suche nach meinen Menschen. Ich halte Ausschau nach einer besonders schönen Zypresse. Aber immer wenn ich denke, meine Lieblingszypresse in der Ferne zu sehen, ist es eine andere. Ich laufe und laufe und laufe. Mein Bauch schmerzt vor Hunger, und mein Durst ist groß. So vergehen noch ein Tag und eine Nacht. Jetzt bin ich sicher, meine Menschen wollen mich nicht mehr und haben mich meinem Schicksal überlassen. Ich bin nun ein Straßenhund und unterscheide mich in nichts von den Hunden am Strand. Ich spüre die Hitze des Tages und die Kühle der Nacht. Mit der Zeit wird meine Fell stumpf und zottelig, ich merke die Bisse der Zecken, die sich an meinem Blut schadlos halten. Dass sie mich damit krank machen, weiß ich damals nicht.

Einmal, als ich im Dunkel der Nacht eine große Straße überquere, kommen mir zwei leuchtende Augen in rasendem Tempo entgegen. Ich will noch weglaufen, schaffe es aber mit meinen geschwächten Beinchen nicht mehr. Das große Maul will mich fressen. Meine Schmerzen sind unerträglich, als ich an den Straßenrand geschleudert werde. An meinem rechten Hinterbeinchen läuft Blut herunter, ich kann nicht mehr laufen. Wie viele Stunden oder Tage ich so am Straßenrand liege, weiß ich nicht. Niemand kümmert sich darum. Vielleicht denken die Menschen, ich sei schon im Hundehimmel. Aber ich will die bunten Perlenschnüre des Regenbogens von der Erde aus sehen! Mein Lebenswillen ist grenzenlos. Irgendwann rapple ich mich unter unsäglichen Schmerzen auf und humpel eine Stück von der Straße weg. Mein Beinchen schmerzt und der Knochen schaut am Schienbein heraus. Verletzt und humpelnd irre ich durch die Straßen und Gassen, immer auf der Suche nach etwas Essbarem. Das finde ich, wenn überhaupt, im Abfall. Viele Menschen jagen mich weg, wenn sie mich sehen. Sie werfen mit Steinen nach mir oder versuchen, mich zu treten.

Ich bin ein kleines niedliches Hundekind und erst 13 Wochen auf der Welt!

So vergeht Tag für Tag. Der Schmerz in meinem Beinchen lässt langsam nach. Der herausstehende Knochen überzieht sich mit Haut und verschwindet im zotteligen Fell. Aber ich werde das Beinchen nie wieder so bewegen können wie früher.

14

Manchmal treffe ich auch auf Menschen, denen ich leid tue. Selten sind es Einheimische. Das weiß ich, weil ich den Klang der griechischen oder türkischen Worte von anderen unterscheiden kann. Aber es gibt diese guten Menschen. Ich bekomme hier mal etwas Futter oder Wasser, dort auch ein paar liebe Worte und eine streichelnde Hand. Diese wenigen Momente koste ich aus. Leider nimmt mich niemand mit zu sich nach Hause. So bleibe ich weiter ein Straßenhund mit Hunger, Durst und Angst. Ich bin Niemands Hund.

Besonders große Furcht, ja regelrecht Panik, habe ich nachts vor den fahrenden Ungeheuern mit den großen stechenden Augen und dem breiten Maul. Zu frisch ist noch die Erinnerung, als das Ungeheuer versucht hat, mich zu fressen. Aber auf der Suche nach Nahrung muss ich ständig befahrene Straßen überqueren. Jedesmal sterbe ich fast vor Angst. Ich zittere und bebe am ganzen Körper und laufe, innerlich gelähmt, so schnell ich kann. Manchmal sehe ich auch Hunde am Straßenrand liegen, die nicht schnell genug waren. Sie sind über die Regenbogenbrücke gegangen und leben jetzt hinter dem Regenbogen auf der anderen Seite der Welt.

Ab und zu schließe ich mich bei meinen Streifzügen anderen Hunden an. Wir verstehen uns gut, sie tun mir nichts. Aber ich merke, dass ich ihnen mit meinem Humpelbeinchen beim Kampf ums Überleben hinderlich bin. Einer von ihnen gibt mir noch einen Tipp: »Versuche Dein Glück in der Nähe der großen mehrstöckigen Menschenhütten, wo immer viele der Menschen wohnen, die eine andere Sprache sprechen. Du bist noch ganz klein und süß. Vielleicht hast Du dort eine Chance!«

Also mache ich mich wieder einmal auf die Suche. Ich laufe und laufe und laufe. Als sich die Wolken zu Bergen auftürmen und ihre Wasserlast zur Erde schicken, finde ich einen trockenen Unterschlupf unter einer Treppe. Plötzlich höre ich Laute, die so anders klingen als die, die ich bisher gehört habe. Sofort erinnere mich an die Worte des Hundes von der Straße. Ganz vorsichtig wage ich mich aus meinem Versteck hervor. Ich sehe bunt gekleidete Menschen, die über die Treppe die Hütte- sie nennen sie wohl Hotel- verlassen und auch betreten. Sie lachen und machen einen freundlichen Eindruck. Immer öfter lasse ich mich bei ihnen in der Nähe sehen, so lange, bis mich jemand wahrnimmt. Man lockt mich mit Worten, die ich nicht verstehe, wie »sweet dog, little dog, poor dog«, aber auch mit »Flöckchen, Fellchen und kleiner Hund«. Ich weiß noch nicht, was ich davon halten soll. Zu viel Schlechtes habe ich in meinem kurzen Leben schon erlebt. Von Neugier getrieben werde ich immer mutiger. Manchmal werfen mir die Leute etwas zum Fressen zu, selten finden sich auch ein paar Hände, die mich knuddeln. So wandere ich von Hotelanlage zu Hotelanlage, immer in der Hoffnung, dort auf mitleidvolle Menschen zu stoßen. Ich lerne, wenn man mich in dieser Sprache, die ich Dog- isch nenne, ruft oder ich diese Hund- Worte höre, bekomme ich etwas für mein hungriges Bäuchlein oder ein Paar Streicheleinheiten. Wenn mich ein Angestellter von dort verjagt, finde ich einen anderen Platz. Ich bin meinem Hundefreund von der Straße unendlich dankbar für seinen Tipp.

Eines Nachmittags, als die Sonne, wie so oft, grausam ihre langen, heißen Finger nach mir ausstreckt und ich großen Hunger und Durst verspüre, höre ich wieder einen Dog- Ruf, diesmal »Hot dog, hot dog, hot dog...«. Wie der Wind rase ich auf die Laute zu. Ich freue mich, dass wieder ein Mensch an mich denkt. Als ich an den Wagen komme, aus dem es so gut nach gebratenem Fleisch und Würstchen riecht, sieht mich der Besitzer. Er öffnet die Tür. Erwartungsvoll tänzel ich auf den Hinterbeinchen vor ihm, auch wenn mein Bein noch weh tut. Wenn ich ihm gefalle, kriege ich vielleicht eine große Wurst. Doch zu meinem großen Erschrecken holt er mit einem Besenstiel aus und schlägt auf mich ein. Er trifft mich hart an meiner linken Schulter. Vor Schmerzen schreie ich laut, aber das interessiert ihn nicht. Bis ich weglaufen kann, trifft er mich noch ein paarmal überall an meinem kleinen Körper. Irgendetwas ist mit meiner Schulter passiert. Es ist so, als gehöre sie nicht mehr zu mir, ich kann mein Pfötchen nicht mehr benutzen. Immer wieder versuche ich, es auf meiner Flucht aufzusetzen, aber es geht nicht. Die Schmerzen sind unerträglich. Winselnd und humpelnd suche ich mir ein Versteck. Was habe ich nur den Menschen getan, dass sie mich so behandeln?

Ich bin doch noch ein Hundebaby und erst 15 Wochen alt!

Die Tage vergehen voller Schmerzen, Angst und Verzweiflung. Ich wage mich selten aus meinem Versteck hervor. Wenn ich ein paar Schritte laufe, dann im Dun-

17

keln und auf drei Beinen. Mein verletztes Vorderpfötchen benutze ich nicht. Mit der Zeit wird es kürzer. Woran das liegt, weiß ich nicht, aber so lerne ich, dass man auch als Dreibein leben kann. Jetzt habe ich eine krumme Hinterpfote und eine kürzere Vorderpfote. Meine Hoffnung, irgendwann noch einmal ein schönes Zuhause zu finden, ist ins Endlose gesunken. Wer will denn schon ein solches Humpelbein? Die Menschen haben Vorstellungen von »ihrem« Hund! Ich richte mich ein, mein Leben als behinderter Straßenhund zu fristen, ungewollt und gejagt, immer auf der Hut vor Hundefängern, vergifteten Ködern und den Gefahren des Alltags.

Zwischenstation- das Sirius Shelter

Auf meinen vorsichtigen Streifzügen in der Nähe der Hotelanlagen treffe ich eines Tages eine Frau mit hellen Haaren, die auch dieses Dog- isch spricht. Sie nähert sich mir ganz langsam und gibt mir Leckerli. Ihre leisen, zärtlichen Worte klingen wie das Rauschen der Zypressen, auch wenn ich sie nicht verstehe, und geben mir ein zaghaftes Gefühl von Vertrauen. Sie streichelt kurz mein verfilztes Fell, und ich lecke ihre Hand. Doch dann siegt meine Vorsicht, ich laufe weg.

Mein Lebenswillen schickt mich am nächsten Abend an die gleiche Stelle. Wieder treffe ich dort die Frau. Sie scheint auf mich gewartet zu haben. Diesmal bekomme ich ein Schälchen mit richtigem Hundefutter und frisches Wasser. Ich fühle mich das erste Mal seit langer Zeit gut. Wir treffen uns jetzt jeden Abend. Ich lasse mich ohne Angst anfassen und danke der Frau mit einem lieben Blick aus meinen schwarzen Knopfaugen und einem freudigen Schwänzchenwedeln. Das scheint ihr zu gefallen. In ihrer Sprache redet sie mit mir, dabei höre ich auch immer wieder so etwas wie: »You can´t stay here, little poodle. You need help. I will help you, give me any days.« Ich weiß nicht, was sie meint, aber es klingt erst einmal positiv.

Am darauffolgenden Abend warte ich vergebens und auch am Tag darauf. Traurig denke ich, wieder hat mich ein Mensch verlassen. Dennoch, ich gebe nicht auf. Ich laufe am nächsten Abend erneut zu der Stelle und meine Geduld wird belohnt. Die Frau wartet bereits. Sie streichelt mich und spielt mit mir. Doch dann legt sie mir etwas um den Hals. Ich wehre mich, so gut ich das mit der Kraft meiner drei Kilo kann- ich will nicht wie so viele Hunde enden und erhängt werden. Aber die Frau beruhigt mich. Sie hakt einen Strick in das Teil um meinen Hals und läuft mit mir am Strand spazieren. Ich bade meine Beinchen im Meer und lese mit meiner Nase die Strandzeitung. Dann gehen wir zu ihrem Auto. Voller Panik spüre ich, wie ich in eine Kiste gesteckt werde. Ich glaube, nun ist mein Ende gekommen, alles war umsonst. Die Frau redet sanft und ohne Unterlass auf mich ein. Irgendwann ergebe ich mich dann in mein Schicksal. Wir fahren in die Umgebung von Limassol. Dort, in einem kleinen Ort, ich glaube, er heißt Moni, halten wir vor einer großen alten Hütte an. Sie sieht aus, wie die Hallen der Menschen, wo man Zeug lagert, was niemand mehr braucht. Irgendwann schmeißt man es dann weg. Ich bin Niemands Hund! Das wird doch nicht eine diese Auffangstationen sein, wo Hunde abgegeben und, wenn sie nicht schnell ein neues Herrchen oder Frauchen finden, getötet werden? Das weiß ich von den Hunden am Strand und auf der Straße. Ich versuche davonzulaufen, doch die Frau hält mich ganz fest am Strick um meinen Hals. Ich winsel um mein Leben, meine Augen betteln. Sie übergibt mich einer anderen Frau, die sie Helen nennt, und streichelt mich zum Abschied lange. Sie sagt Worte, die ich wieder nicht verstehe, irgendetwas wie »Good luck, little dog, You are a sunshine for everybody. I´m sure, you will find quickly a loving family.« Dann fährt sie davon.

20

Es ist Anfang November 2010.

Ich werde in die Halle geführt und nach intensivem, meine verletzte Hundeseele streichelndem Geknuddel, das mir sehr gefällt, erst einmal in einen Verschlag gesperrt. Es ist dunkel und riecht fürchterlich. Der Krach ist zu viel für meine kleinen Ohren. Ich glaube, in der Halle wohnen so viele Hunde, wie ich Sterne am Himmel gesehen habe, oder noch mehr. Ein Bellen, Winseln und Wehklagen erfüllt den Raum. Ich möchte mir die Ohren zuhalten, doch das kann ich mit meiner kaputten Schulter nicht. Wenigstens bekomme ich eine Schüssel mit frischem Wasser und einen Napf mit Fressen. Man gibt mir auch einen Namen: Ich heiße jetzt Nicky.

So ertrage ich die ersten Stunden in meinem neuen Zuhause, das die Leute dort Sirius Shelter nennen.

Am nächsten Tag bringt man mich zu einem Mann mit einem glatten grünen Fell. Er heißt Herr Doktor und guckt mich von vorne und hinten, von rechts und links, von oben und unten und sogar von innen an. So untersucht er auch mein Blut und mein Vorderpfötchen, da ich damit für jeden sichtbar humpel. Mein mehrfach gebrochenes Hinterbeinchen bemerkt niemand. Das Fell hat alles Elend zugedeckt, und ich humpel nur noch nach langem Laufen. Man befreit mich von Zecken, Flöhen und Würmern, die meinen kleinen Körper quälen, und ich werde geimpft. Dann geht es zurück in die Halle.

Dort ist es schrecklich. Die Halle ist nasskalt, zugig und fast ohne Licht. Wenn die Wolken den Regen zur Erde schicken, wird es richtig nass. Auslaufmöglichkeiten gibt es so gut wie nicht. Ich lebe jetzt in einem

21

Verschlag hinter Gittern, zusammen mit anderen Hunden. Mein Zuhause habe ich mir anders vorgestellt. Ich bewundere nicht nur die Hunde, die es hier aushalten, wo kein Tier leben sollte, ich bewundere auch und erst recht die Menschen, die sich um uns kümmern, denn sie bräuchten nicht hier sein. Diese Menschen müssen uns Hunde sehr lieben. Viele freiwillige Helfer sorgen sich um uns und reinigen die Zwinger, so gut es unter den gegebenen Bedingungen geht. Wir werden medizinisch versorgt, manche das erste Mal in ihrem Leben. Trotzdem ist das Sirius nur eine Stelle, an der man versucht, unser Überleben zu sichern, mehr nicht. Das Tierheim nimmt alle Hunde auf, die abgegeben, aufgefunden oder einfach am oder hinter dem Zaun entsorgt werden, auch wenn es chronisch überfüllt ist. Die Bedingungen sind schwer zu ertragen, aber wir haben zu fressen und zu trinken. Niemand von uns braucht sich Sorgen zu machen, dass seinem Leben ein Ende gesetzt wird. So arrangiere ich mich mit meiner Situation und bin im Zwinger ein freundlicher kleiner Hund. Wenn ich einmal im Außengehege sein darf, könnte man sogar denken, ich sei ein fröhlicher Hund. Diese Momente liebe ich. Ich tobe mit den anderen Hunden herum und blühe auf. Leider muss ich dann zurück in meinen Verschlag- die anderen Hunde wollen auch einmal der Dunkelheit entfliehen und in den Himmel schauen.

Manchmal kommen Hunde an, die furchtbar verletzt oder krank sind. Der eine oder andere ist dann einfach nicht mehr da. Die Frau, die sie Helen nennen, sagt, sie sind über die Regenbogenbrücke gegangen und jetzt

22

im Hundehimmel. Wie halten diese Menschen das nur aus? Ich glaube, manchmal sind sie auch sehr verzweifelt. Sie weinen, wenn sich trotz aller Hilfe ein Hund für die Reise über die Regenbogenbrücke verabschiedet. Aber sie weinen auch vor Freude, wenn sie einer von uns verlässt, um in seinem neuen Zuhause das Hundeglück zu finden.

Wenn ich einmal zur Ruhe komme und auf dem Bretter-Bett einschlafe, das mich wenigstens vor der Nässe am Boden schützt, träume ich von einem anderen Leben. Ich träume von einem weichen Körbchen und einem großen Garten. Ich sehe dunkelgrüne Zypressen, die sich wie Säulen in den Himmel recken. Sie rufen mit dem Rascheln ihrer Nadeln und dem Knistern der Zapfen nach mir. Der Wind säuselt mit ihnen eine leise Melodie. Ganz schwach erinnere ich mich an meine Lieblingszypresse im Garten meiner ersten Familie. Mein Dasein ist so trostlos. Aber ich will nicht aufgeben. Vielleicht habe ich doch eine Tages die Chance, dass sich ein Mensch findet, der mich so liebt, wie ich bin: Niemands Hund mit zwei Humpelbeinen und der Mittelmeerkrankheit Ehrlichiose, die mir den Tod bringen kann.

Mit der Zeit lerne ich, die Sprache, die die Menschen im Sirius Shelter sprechen, ein bisschen zu verstehen. Sie haben ein riesengroßes Herz und opfern sich für uns auf, auch wenn es nur der berühmte Tropfen auf den heißen Stein ist. Ich höre manchmal, wie sie sich unterhalten, was wieder alles fehlt, was repariert werden müsste oder dass das Geld für Futter und Arzt wohl knapp werden wird. Ihre Stimmen klingen dann sorgenvoll. Sie kümmern sich auch sehr darum, dass wir ein Zuhause finden, denn jeder Hund, der das Heim verlässt, ist gerettet und macht Platz für eine andere arme Kreatur, der es noch schlechter geht.

Das Sirius- Shelter in Moni bei Limassol auf Zypern- eine alte, zugige Lagerhalle
(Quelle: Helen Woolley, Cyprus Dogs Rehoming Association (CYDRA))

Die Hundeverschläge im Inneren des Sirius- Shelter
(Quelle: Helen Woolley, Cyprus Dogs Rehoming Association
(CYDRA))

Ein Fünkchen Hoffnung im Elend
(Quelle: Helen Woolley,
Cyprus Dogs Rehoming Association (CYDRA))

Nicky, aufgenommen im Sirius- Shelter
(Quelle: Helen Woolley, Cyprus Dogs Rehoming Association
(CYDRA))

Vermittlung- Chance oder Illusion?

Ich weiß nicht, welchem Zufall ich es zu verdanken habe, aber mein Dasein im Sirius dauert nur vier Wochen. Ob es einen Hundegott gibt? Wenn ja, dann hat er mein Flehen erhört. Denn am 14.11.2010 tun alle ganz geschäftig um mich herum. Es heißt, ich sei vielleicht vermittelt. Was das bedeutet, kann ich nur ahnen - ich verstehe von dem Dog-isch noch nicht allzu viel - aber es will mich wohl tatsächlich jemand haben. Wann ich in mein neues Zuhause ziehen kann und wo das ist, bekomme ich nicht mit. Doch ich höre heraus, dass dort auch eine Katze lebt und ich nur vermittelt werden kann, wenn ich mich mit ihr verstehe. Im Sirius Shelter gibt es diese miauenden Langschwänze nicht, ich kenne sie nur von meinen Streifzügen aus der Zeit auf der Straße. Eigentlich mag ich sie nicht. Sie klauten mir das bisschen Nahrung im Abfall weg, und beim Buhlen um ein paar Häppchen oder Streicheleinheiten bei den Menschen drängelten sie sich mit ihrem Miauen vor. Manchmal bekam ich auch schmerzhaft ihre scharfen Krallen zu spüren, wenn ich mit ihnen spielen wollte, sie aber nicht mit mir.

Man fährt mit mir zu einem Ort, an dem Katzen im Haus leben, um zu sehen, wie ich mich verhalte. Ich bin ein pfiffiger kleiner Hund - als die Katzen auf mich zukommen, springe ich aufs Sofa und tue so, als interessieren sie mich gar nicht. Ich beobachte jede Bewegung unter geschlossenen Augen und passe genau auf. Die Menschen denken, ich schlafe. Wenn ihr wüsstet! Am liebsten würde ich diese aufgeplusterten Langschwänze jagen, bis ihn die Puste ausgeht! Aber das zeige ich nicht. An mein zukünftiges Zuhause ergeht daraufhin die Nachricht, »Katzentest« mit Bravour bestanden. Damit steht fest, ich kann bald das Sirius Shelter verlassen.

Am 16.11.2010 sagt man mir, ich, der kleine Niemandshund, reise bald nach Deutschland. Ich bin fürchterlich aufgeregt und finde keine Ruhe mehr. So viele Fragen schwirren in meinem Kopf herum, doch niemand kann sie mir beantworten. Mein fragendes Bellen in allen Tonlagen in Dur und Moll kann niemand deuten. »Wo ist dieses Deutschland?« Die Menschen sagen, es liegt weit hinter dem Horizont, viel weiter als der Regenbogen reicht. Dorthin fliegt man in einem Riesenvogel. »Wie kann ein Hund mit einem Vogel fliegen? Wer sind meine neuen Menschen?« Ich hoffe, sie wissen, was ein kleiner Hund braucht und es gibt dort keine Kinder, für die ich nur ein Spielzeug bin. Ob es, wo sie wohnen, auch Zypressen gibt? So viele Fragen. Ich habe schreckliche Angst, was auf mich zukommt, ich habe Angst, dass sich diese Menschen in Deutschland noch anders entscheiden und ich weiter im Tierheim bleiben muss. Lange würde ich das nicht mehr ertragen. Andere Hunde, die schon länger hier sind, haben sich bereits aufgegeben. Sie träumen nicht mehr von einem anderen Leben, ihr Blick ist stumpf und wird mit jedem Tag trauriger.

Ich werde wieder zu dem Mann mit dem grünen Fell gebracht und für meine große Reise vorbereitet. Er untersucht mich noch einmal und überprüft alle Impfungen,

28

die in ein blaues Büchlein eingetragen werden. Zwischen meine Schultern spritzt er mit einer großen Kanüle etwas, das die Menschen Chip nennen. Das braucht man wohl, wenn man so eine große Reise machen will wie ich. Der Pieks tut weh, aber wenn es sein muss, nehme ich das auch noch in Kauf. Außerdem bekomme ich eine Menge großer Tabletten mit auf den Weg. Die sollen verhindern, dass die Krankheit, die der Doktor bei mir festgestellt hat, ausbricht.

Jetzt heißt es warten, warten, warten. Keiner weiß genau, wann ich in mein neues Zuhause ziehen kann. Das hängt wohl davon ab, wann für mich ein Platz in einem dieser Riesenvögel frei ist. Vor mir sind noch andere Hunde dran, das Tierheim zu verlassen, die auch ein Zuhause in diesem Deutschland gefunden haben. Die Menschen sagen, es wird noch einen Monat oder länger dauern. Vielleicht finden sich aber auch nette Leute, die hier auf der Insel Urlaub machen und mich beim Nach-Hause-Fliegen mitnehmen. Weil ich noch so winzig bin, muss ich nicht in einer Box reisen, sondern kann in einer Tasche in der Kabine mitgenommen werden.

Mit mir werden die Hunde Charlie und Hogan fliegen. Die sind viel größer als ich und müssen deshalb in einer Box reisen. Aber auch sie warten auf einen Platz in einem der Riesenvögel und freuen sich wie ich lautstark und unbändig auf ihr neues Zuhause, welches sie durch das Engagement der Tierschützer gefunden haben.

So friste ich mein Leben Tag für Tag weiter. Hoffentlich gibt es solche Leute, die ein Herz für einen kleinen Hund haben und mich auf ihrem Heimflug zu meiner neuen Familie mitnehmen. Ich werde auch ganz lieb sein und meine Angst für mich behalten. Den anderen Hunden erzähle ich von meinem Glück und verabschiede mich schon mal vorsorglich von allen. Vor Erregung und Überschwang kann ich gar nicht mehr schlafen. Ich freue mich riesig, gleichzeitig ist mir bange, was mich erwartet. In den knapp sechs Monaten meines Lebens habe ich noch nicht viel Gutes erfahren. Vielleicht wird ja jetzt alles anders.

Dann geht es plötzlich ganz schnell. Am 24.11.2010 steht fest, in fünf Tagen fliege ich nach Deutschland. Mein Herz schlägt vor Aufregung ganz laut und schnell einen Purzelbaum nach dem anderen. Ich bin übermütig und kaum mehr zu bändigen. Die Frauen im Sirius freuen sich mit mir. Sie bürsten mein langes Fell, bis es wenigstens ein bisschen glänzt. Schließlich soll ich schick in meinem neuen Zuhause ankommen. Sie freuen sich, weil sie durch ihren unermüdlichen Einsatz wieder einen vom Schicksal gebeutelten Hund gerettet haben - mich. Ich danke ihnen mit einem besonders lieben »Wuff« und schlecke alle besonders gründlich ab.

Für Charlie und Hogan fanden sich auch nette Urlauber, die sie nach Deutschland begleiten werden- sie fliegen im selben Flugzeug wie ich.

Nickys Vermittlungsfoto vom Verein Zypernhunde e.V.,
aufgenommen im Sirius Shelter
(Quelle: Helen Woolley, Cyprus Dogs Rehoming Association
(CYDRA))

Reise in die Zukunft

Im Morgengrauen des 29.11.2010, als die Sonne zaghaft ihre wärmenden Finger über den Erdrand streckt, werden wir in ein Auto gesetzt, ich in einer Tragetasche, Charlie und Hogan in ihrer Reisebox. Wir fahren zum Nest der Riesenvögel. Ich sehe sie schon von weitem mit ihren aufgespannten Flügeln silberglänzend in der Sonne stehen, große und kleinere. Manche von ihnen müssen Kuckuckskinder sein, denn sie haben eine andere Farbe oder sind kunterbunt. Einige Vögel nehmen rasend schnell Anlauf und verlassen das Nest, andere wiederum gleiten vom Himmel und gesellen sich immer langsamer werdend zu den anderen, die bereits dort warten. Vor Staunen bekomme ich riesengroße Kulleraugen. Die Vögel öffnen ihre Bäuche und spucken eine Unzahl von Menschen aus. Ganz unten im Bauch tragen sie Taschen und Koffer. Wie kann das sein? Ob in meinem Bauch auch kleine Menschen wohnen? Vielleicht habe ich deshalb so oft Bauchschmerzen?

Wir halten vor einer großen verglasten Halle. Die Strahlen der Sonne spiegeln sich in den Scheiben und werfen mir Abschiedsgrüße zu. Die Frauen, die uns hergefahren haben, blicken suchend um sich und scheinen auf jemanden zu warten. Ich wüsste zu gerne, ob sie Ausschau nach den Leuten mit den großen Herzen halten. Dann schaue ich mir die vorbei eilenden Menschen genau an. Wer wird mein Begleiter in dieses ferne Land sein? Plötzlich, wir sind mittlerweile in die Halle am Rande des

Riesenvogelnestes getreten, kommen ein junger Mann und eine junge Frau auf uns zu. Das müssen die Leute sein, die mich mitnehmen in mein neues Zuhause! Ich verstehe das jetzt folgende Gespräch nicht. Die Sprache ist ein Misch- Masch aus Dog- isch und Hund- isch und klingt fremd. Ein letztes Mal gehe ich vor der Halle Gassi. Ich hinterlasse überall Duftmarken, damit mich meine Heimat noch lange in Erinnerung behält. Bye-bye Zypern, du schöne Insel, mir hast du kein Glück gebracht, aber ich liebe deine Sonne, das Meer und die Zypressen. Grüßt mir die armen ausgesetzten Hunde-seelen, grüßt alle meine Hundefreunde, die das Tierheim noch nicht verlassen konnten, grüßt meine Lieblingszy-presse und alle Menschen, die es gut mit mir meinten. Irgendwann komme ich wieder, irgendwann komme ich Euch besuchen…

Ab jetzt beginnt Tag Eins- das größte Abenteuer meines Lebens steht bevor. In ein paar Stunden bin ich kein Niemandshund mehr. Und wieder packen mich trotz aller Vorfreude Angst und Zweifel. Was, wenn mich mein Frauchen doch nicht will und mich nicht abholt? Was, wenn sie mir nicht gefällt, böse ist und mich haut? Wird sie mich zurückgeben, wenn sie erst mitbekommt, dass ich auch ein krankes Hinterbeinchen habe? Wird sie mich auch auf die Straße setzen, wenn ich ihre Katze jage? Keiner kann mir darauf eine Antwort geben.

Ich verabschiede mich von den Frauen vom Sirius. Sie streicheln und knuddeln mich mit Tränen in den Au-gen, dann übergeben sie mich meinen Begleitern, die sie Flugpaten nennen. Freudig und schwänzchenwedelnd begrüße ich sie. Sie scheinen nett zu sein, wir werden es miteinander aushalten. Einen letzten Blick zurückwerfend steige ich ängstlich mit ihnen in den Riesenvogel. Wenigstens darf ich bei ihnen in der Kabine sitzen. Ich bin in Gedanken bei Charlie und Hogan, die in ihren Boxen ganz alleine unten im Bauch des Vogels verstaut sind und niemanden haben, der ihnen ihre Angst nimmt.

Dann beginnt der Vogel zu grollen und nimmt Anlauf. Er wird schneller und schneller und hebt seine Füße vom Boden. Wau-wau, wuff-wuff, ich fliege der Sonne entgegen! Aber Fliegen ist wohl nichts für kleine Hunde. Mein Bäuchlein fühlt sich komisch an, meine Ohren tun weh. Hoffentlich hört das alles bald auf! Ich klemme mein Schwänzchen ganz fest zwischen die Beine und winsel leise vor mich hin. Meine Begleiter sprechen mit mir und streicheln mich, um mich zu beruhigen. Sie scheinen gar keine Angst zu haben, denn sie unterhalten sich angeregt und lachen. Also entschließe ich mich, dass es wohl nicht so schlimm ist, was ich empfinde. Ich will meinen Menschen keinen Ärger machen und ein lieber Hund sein. Vielleicht entscheiden sie sich dann noch öfter, einen kleinen Hund aus dem Urlaub mit in dieses ferne Land zu nehmen, wo es Hunden besser gehen soll.

Meine Begleiter lassen mich ab und zu einen Blick aus dem Fenster werfen. So sehe ich, wie meine Heimat unter mir kleiner und kleiner wird. Irgendwann verschwindet Zypern hinter dem glitzernden, Schaumkronen aufwerfenden Meer. Dann ist auch dieses nicht mehr zu sehen, denn wir fliegen über weichen, weißen Wattewolken. Meinem Bäuchlein geht es besser, und so finde ich das Fliegen gar nicht mehr so schlecht. Ich kuschel mich in meine Tasche, so gut es eben geht, und gleite ins Land der Hundeträume. Die meisten Stunden des langen Fluges verschlafe ich. Nur ab und zu gucke ich mit einem Auge, ob meine Begleiter noch bei mir sind.

Ein unbestimmtes Gefühl holt mich zurück aus dem Traumland in die Wirklichkeit. Ich glaube, der Vogel begibt sich zurück zur Erde. Ob wir jetzt ins Meer fallen? Ich fange wieder an zu zittern und zu winseln, aber meine Begleiter erklären mir, dass wir jetzt bald dort landen, wo mein neues Frauchen auf mich wartet. Sie kümmern sich ganz lieb um mich. Vollständig kann ich meine Angst zwar nicht abstellen, aber schließlich siegen Aufregung und Freude. Ich werde ruhiger und verfolge, wie der Vogel tiefer und tiefer sinkt. Er bricht durch die Wolkendecke, die hier bedrohlich grau aussieht. Dann streckt er die Federn an seinen Schwingen aus, macht die Beine lang und setzt rumpelnd auf dem Boden auf. Er rennt, bis er nicht mehr kann, wird langsamer und langsamer. Dann scheint ihm die Puste ganz auszugehen, denn er bleibt plötzlich stehen und rührt sich nicht mehr. Meine Begleiter sagen, jetzt sind wir in Hamburg gelandet. Heißt das, ich bin jetzt in diesem Deutschland? Dann müsste ich ja gleich mein neues Frauchen beschnuppern können! Ob sie sich freut, wenn sie mich sieht? Vielleicht ist sie ja aber auch enttäuscht und will mich gar nicht. Wieder plagen mich Zweifel. Nach allem, was ich schon Schlechtes erlebt habe, ist mein Glaube an die Menschen allgemein nicht sehr groß.

Der kleine Hund aus Zypern hat sein großes Abenteuer überstanden und wird gemeinsam mit vielen Menschen am 29.11.2010 gegen 14:00 Uhr in Hamburg aus dem Bauch des Vogels gespuckt. Ich, ein kleines Häufchen zotteliger Hund von nicht einmal vier Kilogramm, bin in meiner neuen Heimat angekommen.

Meine Begleiter befreien mich aus meiner Tasche, befestigen mich an einer Leine und lassen mich laufen. Endlich kann ich mir nach dem stundenlangen Flug meine steifen Beine vertreten. Wir gehen an einem Glashaus vorbei, an dem meine »Flug- Menschen« mein blaues Büchlein vorzeigen, das der Herr Doktor auf Zypern nach den Untersuchungen und den Impfungen vollgeschrieben hat. Anscheinend haben die Tierschützer auf der Insel gute Arbeit geleistet, denn die Männer, die im Glashaus sitzen, schauen zufrieden auf und schenken mir ein Lächeln. Wir bekommen das Büchlein zurück und setzen uns wieder in Bewegung.

Als wir an eine große Tür gelangen, öffnet sich diese wie durch Geisterhand. Wir treten hindurch und befinden uns plötzlich in einer große Halle voller Menschen. Diese scheinen es ausnahmslos eilig zu haben und wuseln in alle Richtungen. Ich tippel neben dem Wagen mit den Koffern und Taschen meiner Begleiter her und schaue voller Neugier im Kreis. Gleich in der Nähe der Tür, in einer Ecke der Halle, sehe ich ein paar Menschen, die nicht so wuselig sind. Sie scheinen auf etwas zu warten. Plötzlich kommt eine Frau von dort auf mich zu und ruft: »Da ist ja mein Nicky!« Sie strahlt mit dem Weihnachtsbaum in der Halle um die Wette. Woher kennt sie mich? Mein kleines Hundeherz schlägt Salto. Ist das mein neues Frauchen? Fragend schaue ich in die Runde. Ich sehe Charlie und Hogan, die in ihren Boxen in unsere Nähe gefahren werden. Auch auf sie warten Leute. Man holt sie sofort aus ihren Boxen. Charlie hat wahnsinnige Angst und klemmt sein Schwänzchen zwischen die Hinterbeine. Er tut mir unendlich Leid, aber ich interessiere mich mehr für die Frau, die meinen Namen kennt. Lächelnd kommt sie näher und nimmt mich auf den Arm. Ich weiß nicht warum, aber ich habe ein gutes Gefühl. Ich kuschel mich sofort ganz fest in ihre Arme und denke, hier bin ich und hier bleibe ich. Die Frau gräbt ihr Gesicht in mein zotteliges Fell, streichelt mich und flüstert immer wieder meinen Namen. Sie riecht so gut, ganz anders als ein Hund. So wie sie riecht, heißt sie bestimmt Chanel. Dabei sieht sie mit ihren wuscheligen dunklen Haaren und den schwarzen Knopf- Augen ein bisschen so aus, als wenn sie einen Pudel in ihrem Stammbaum hat. Vielleicht sind wir verwandt und ich habe deshalb so ein gutes Gefühl? Das ist mein Frauchen, anders kann es gar nicht sein!

Dann bekomme ich nach der langen Reise erst einmal eine Schüssel mit Fleischwurststückchen und frisches Wasser. Damit hat mein neues Frauchen schon mein Herz erobert. Wuff, tut das gut! Jetzt fühlt sich mein Bäuchlein wohl, und trotz aller Hektik um mich herum werde ich müde. Die Aufregung der letzten Stunden fordert ihren Tribut. Zwei Tierschützer sind unseren neuen Eltern behilflich und stehen ihnen mit Rat und Tat zur Seite. Frauchen und ich verabschieden uns dankend, auch von meinen Flugpaten. Wenn ich denke, dass meine Reise jetzt beendet ist, habe ich mich geirrt - ich habe noch über vierhundert Kilometer Autofahrt vor mir...

Frauchen hat noch jemanden mitgebracht, der das Auto nach Hause fährt. Ich soll nicht in eine Box gesperrt werden für den Rest meiner Reise. Die andere Frau ist auch ganz freundlich zu mir. Wir verlassen den Flughafen und gehen dahin, wo das Auto steht. Ich begrüße den Boden Deutschlands, meiner neuen Heimat, indem ich auf dem kurzen Weg zum Parkhaus überall mein Beinchen hebe und mitten auf den Überweg ein Häufchen hinsetze. Als wir ins Auto einsteigen, kuschle ich mich auf der Rückbank, eingemummelt in weiche Decken, in den Arm meines Frauchens und bin schon eingeschlafen, ehe wir überhaupt das Parkhaus verlassen. So bekomme ich von der langen Autofahrt nicht viel mit. Ich weiß nur noch, dass wir unterwegs dreimal anhalten, damit ich trinken und pieseln kann.

Ankunft in Hamburg am 29.11.2010- Frauchen und Hund
strahlen um die Wette
(Quelle: Tierschutzverein Zypernhunde e.V.,
www.zypernhunde.eu)

Jemandshund

Spät am Abend erreichen wir unser Ziel, eine kleine Stadt ganz im Osten Deutschlands. Es ist eisig kalt, als wir aussteigen, viel kälter als im Sirius. Der Wind pfeift fürchterlich und singt ein grausiges Lied. Am Himmel hängt der Mond wie mit einer Plätzchenform ausgestochen. Tausende Sterne schauen zu, als ich, eingekuschelt in eine duftende flauschige Decke, vom Auto in mein neues Zuhause getragen werde. Die Sterne freuen sich mit mir und blinkern mir zu. Selbst der Mond lächelt durch die eisige Nacht. Das muss ein gutes Zeichen sein!

Wir treten durch die Eingangstür und mein Frauchen setzt mich auf den Boden. Alles ist für meinen Empfang vorbereitet. Im ganzen Haus stehen die Türen offen, es ist hell erleuchtet und warm. Im größten Zimmer wartet ein großes weiches Hundebett auf mich. Ich bin müde von der langen Reise und fühle mich das erste Mal in meinem Leben geborgen. Als Willkommenstrunk stellt mir mein neues Herrchen eine Schüssel mit herrlich frischem Wasser hin, aber ich bin viel zu aufgeregt, um zu trinken. Erst muss ich alles beschnüffeln. Zur Begrüßung setzte ich mitten ins Wohnzimmer auf den Teppichboden ein großes Häufchen hin. Erschrocken und in Erwartung der Strafe ducke ich mich und schaue ängstlich auf, aber mein Frauchen lacht nur und meint: »Nicky, ich sehe Du bist angekommen«. Meine neuen Eltern führen mich überall herum, dann will ich nur noch schlafen. Damit ich keine Angst habe, bleibt Frauchen bei mir und schläft auf der Couch. Niemals wieder soll ich mich verlassen fühlen.

Am Morgen des nächsten Tages stehen wir zeitig auf. Jetzt lerne ich auch die Katze meiner neuen Familie kennen. Sie ist ein richtiger Langschwanz, wie ich sie von Zypern her kenne- ich mag sie nicht. Sie ist schwarz, hat weiße Füßchen, ein weißes Schnäuzchen und einen weißen Latz. Wenn sie eine Hündin wäre, wäre sie direkt hübsch, aber Langschwanz bleibt Langschwanz. Sie beäugt mich aus der Ferne und ich glaube, sie mag mich auch nicht leiden. Wir werden es miteinander nicht einfach haben. Vorsichtshalber jage ich sie erst einmal die Treppe hoch, sicher ist sicher. Damit wir uns langsam aneinander gewöhnen können, fahre ich tagsüber mit meinem Frauchen ins Büro und sehe die Katze erst wieder am späten Nachmittag. So können wir uns nicht so oft begegnen und übereinander herfallen.

Wir fahren jetzt jeden Tag mit dem Auto zur Arbeit. Mein Frauchen arbeitet in einer anderen Stadt in einer Einrichtung, wo ganz viele Menschenwelpen sind, die es bisher auch nicht so gut hatten. Sie lernen dort einen Beruf und Frauchen kümmert sich um sie. Jetzt beginnen für mich herrliche Tage. Die Menschenwelpen, die sie hier Jugendliche nennen, lieben und verwöhnen mich. Ich bin nie alleine, immer ist jemand um mich herum. Ich gehe viel spazieren, werde bekuschelt und bekomme Leckerli. Weil ich immer an allem rumsauge, schenkt mir ein Mädchen einen Nuckel. Mit dem Ding im Mund renne ich stolz den langen Gang entlang und mache Schaulaufen. Ich weiß, wie ich den Menschen gefallen kann. Einen Hund mit Nuckel sehen sie nicht alle Tage- jetzt finden sie mich noch niedlicher und verwöhnen mich noch mehr. Die jungen Leute nennen mich Feivel. Sie meinen, dass der Name besser zu mir passt als Nicky. Nun ja, ich bin zwar keine Maus, auch wenn ich nicht viel größer bin, aber eine abenteuergespickte Wanderschaft habe ich auch schon hinter mir. Also tue ich ihnen den Gefallen und reagiere auf Feivel. Hauptsache alle beschäftigen sich mit mir. Ich habe so viel nachzuholen und freue mich den ganzen Tag. Nur alleine im Büro bleiben mag ich nicht. Ich verfolge mein Frauchen auf Schritt und Tritt und erfahre so zum Beispiel, was ein Computer oder ein Kopierer können und wie die anderen Büros und die Werkstätten aussehen. Ich besuche viele verschiedene Häuser und lerne immer neue Menschen kennen, Kollegen von meinem Frauchen und andere Menschenwelpen. Sie gefallen mir nicht alle, aber keiner ist böse zu mir. Hier erfahre ich auch erstmals etwas von der Rangordnung der Menschen. Ich glaube, mein Frauchen ist für die Menschenwelpen so etwas wie der Anführer des Rudels, aber sie muss sich auch von anderen etwas sagen lassen. Ob ich mich da auch unterordnen soll? Das muss ich erst noch testen. Und das werde ich auch!

Als wir nach unserem ersten gemeinsamen Arbeitstag aus dem Auto steigen, sehe ich mein neues Zuhause im Hellen. Das Haus strahlt so gelb wie die Sonne und trägt einen roten Hut mit einem Zipfel, aus dem es qualmt. An der Seite hat es einen großen Glaskasten, in dem man sitzen kann. So viele Palmen, wie darin wachsen, habe ich bisher nur auf Zypern gesehen, nur dass sie hier in lauter riesigen Kübeln stehen. Die sind so groß, dass ich selbst mit Akrobatik beim Beinchenheben die Stämme nicht erreiche. Schade! Meine Menscheneltern erzählen mir aber, dass die Palmen im Sommer alle in den Garten gepflanzt werden und ich dann auch mein Beinchen daran heben darf. Hoffentlich ist hier in Deutschland bald Sommer. Die Palmen erinnern mich so an meine Heimat!

Beim Rundgang durch den Garten sehe ich nicht all zu viel, da alles von einer dicken weißen Schicht bedeckt ist. »Das ist Schnee«, sagt Frauchen, »tausende Flocken und Kristalle, mehr als Sterne am Himmel sind.« Dunkel fällt mir der Traum von meiner Mama ein, auch sie war weiß und schön wie eine Schneeflocke. Ganz kurz bin ich traurig. Aber mein Herz macht plötzlich tausend Luftsprünge, als ich den Garten weiter durchstreife: Ich sehe etwas, was ich nicht glauben kann, ich sehe große Zypressen, die ihre schneebedeckten Äste wie lange Arme in den Himmel strecken. Manche sind eher gelbgrün, andere grün, wieder andere eher blaugrün. Das kann doch gar nicht sein! Bin ich vielleicht im Paradies? Fragend schaue ich mein Frauchen an. Ja, es sind Zypressen, wie in meiner Heimat. Sie zeigt mir jetzt alle Bäume und Sträucher im Garten. Das habe ich mir in meinen schönsten Phantasien nicht vorgestellt. Wird das eine Freude, wenn ich sie alle begrüßen und ihnen zeigen kann, wie ich sie mag! Ich sehne den Tag herbei, an dem ich im Garten frei rumflitzen darf. Dann suche ich mir als allererstes wieder eine Lieblingszypresse. Ich schaue mich um und peile schon mal die größte und schönste Zypresse an. Vielleicht gebe ich mich aber auch mit ihrem jüngeren Bruder zufrieden, ich glaube, den kann ich, wenn es schnell gehen muss, besser erreichen.

Im Garten gibt es auch einen Teich. Jetzt ist er allerdings vor lauter Schnee und Eis kaum zu sehen. Vielleicht kann man, wenn die Sonne wieder die Erde wärmt, darin schwimmen? Das wird mein kleines Meer! Und es hat sogar einen weißen Kiesstrand. Schmerzhaft werde ich daran erinnert, wie schön es war, sich von den Wellen des warmen Mittelmeeres streicheln zu lassen und mit den Kieseln zu murmeln.

Von so vielen Eindrücken bin ich nach dem ersten Tag in meinem neuen Zuhause völlig erschöpft und möchte nur noch schlafen. Frauchen bleibt wieder neben mir auf der Couch im Wohnzimmer, damit ich nicht alleine bin. Das hat noch nie jemand für mich getan und ich bin ihr unendlich dankbar.

Am übernächsten Abend machen wir einen Besuch bei einer Frau mit einem glatten weißen Fell. Sie heißt Frau Doktor. Ich ziehe die Schlussfolgerung aus meiner Zypern- Erfahrung, ein Herr Doktor hat grünes, eine Frau Doktor weißes Fell. Sie untersucht mich wegen meiner Krankheit und schaut sich mein kaputtes Hinterbeinchen an. Frauchen hat beim Gassi- Gehen bemerkt, dass ich nach einiger Zeit das Beinchen hoch nehme und zu humpeln beginne. Es sieht wohl nicht so gut aus, wie ich dem sorgenvollem Gesicht von Frau Doktor entnehme.

44

Dann piekst sie mich noch einmal und schreibt wieder etwas in mein blaues Büchlein ein. Dieses geheimnisvolle Büchlein muss ich mir doch einmal anschauen, wenn ich, wie Frauchen versprochen hat, in der Hundeschule gewesen bin. Ich weiß zwar nicht, was man dort alles lernt, vielleicht auch Buchstaben? Ich konnte zwar auf Zypern die »Strandzeitung« lesen und studiere hier intensiv die »Duftenden Wegrand- Nachrichten«, aber mit den Zeitungen, die meine Menscheneltern täglich durch schauen, kann ich nicht so viel anfangen, außer dass sie zum Spielen taugen und gut schmecken.

Jeder Tag ist anders und bringt mir neue Überraschungen sowie immer andere Abwechslungen. So gehen meine »Arbeitstage« ganz schnell vorbei. Insgesamt fahre ich zwei Wochen lang jeden Tag mit meinem Frauchen zur Arbeit, dann hat sie eine Weile frei. Jetzt haben wir viel Zeit, uns richtig kennen zu lernen. Aber ich muss mich nun auch irgendwie mit dem Langschwanz arrangieren, den meine Menscheneltern einfach Mieze nennen.

Mieze ist aus Mitleid aufgesammelt worden. Ihre ersten Menscheneltern haben sie vor drei Jahren als kleines Kätzchen einfach im Stadtpark, ganz dicht an einer viel befahrenen Straße, weggeworfen. Erst hat Frauchen sie jeden Tag gefüttert, aber als sie merkte, dass andere Katzen sie immer weggeprügelt haben, packte sie sie kurzerhand ein und nahm sie mit nach Hause. Ihren Aufstieg von der Straßenkatze zur Prinzessin will sie sich von mir nicht kaputt machen lassen. Sie betrachtet mich als Eindringling. Ich bin hier der Neue und habe zu kuschen, sagt sie sich. Da hat sie wohl etwas falsch verstanden, ich will kuscheln, aber nicht kuschen! Außerdem möchte ich auch ein Prinz sein. So haben wir beide erst einmal eine schwere Zeit. Wir schlagen und vertragen uns. Frauchen sieht's locker und sagt immer, so lange kein Blut fließt, ist das in Ordnung. Aber ich glaube, insgeheim wünscht sie sich, dass wir uns besser verstehen. Da wird sie wohl noch etwas Geduld haben müssen, ich kann halt diese Langschwänze nicht leiden. Außerdem meckert Mieze immer mit mir, wenn ich ihr zu nahe komme oder von ihrem Schüsselchen nasche- typisch Weib eben! Ich werde mich bemühen, manchmal muss man die Weiber halt so nehmen, wie sie sind. Katzenweiber machen da keine Ausnahme.

Im neuen Zuhause angekommen- erschöpft und glücklich

Erste Erkundungen – Suche nach dem schönsten Platz

Liebe und Geborgenheit

In Gedanken nenne ich meine Menscheneltern schon Mama und Papa. Mama trägt zu Hause meistens ein samtweiches schwarzes Fell. Sie ist, wie ich, ständig in Bewegung und mal überall, mal nirgendwo. Vielleicht ist es tatsächlich so, dass sie von einem Pudel abstammt.

Papa ist bestimmt ein Windhund. Mama sagt immer, er ist so dünn, dass er auf der Wäscheleine schlafen könnte. Aber er ist nicht ganz so schnell wie ein Windhund und hat eher das Gemüt eines Bernhardiners. Seine Haare haben die gleiche beige Farbe wie mein Fell. Das gefällt mir und macht uns zu Verbündeten. Wenn Mama mit Papa schimpft, weil er so wenig isst, antwortete er jedes Mal: »Mein Schatz, ich muss abnehmen. Wir müssen unser Gesamtgewicht halten!« Das finde ich lustig, aber ich glaube, Mama nicht so sehr. Bin ich da auch einbezogen? Wenn ich ein paar Gramm zunehme, muss dann Papa tatsächlich auf der Wäscheleine schlafen? Das will ich nicht. Aber ich denke, die beiden necken sich nur.

So vergehen die ersten Tage in Deutschland. Eigentlich fühle ich mich pudelwohl in meinem neuen Zuhause, nur ein Problem habe ich, was meine Menscheneltern ängstigt- ich will nicht fressen. Sie können mir anbieten, was sie wollen, ich rühre es nicht an. Das hat aber nichts mit Papa zu tun. Mama versucht alles, von trocken bis nass, über Futter für besonders sensible Hunde. Es schmeckt einfach nicht. Doch nicht nur das: Wenn mir der Hunger ein paar Bröckchen rein treibt oder ich ein

Leckerli genommen habe, behalte ich es nicht lange. Ich spucke mir die Seele aus meinem mageren kleinen Leib. Mein Körperchen hat nichts zuzusetzen, und manchmal bin ich so schwach, dass ich gar nicht mehr aufstehen mag. Die Frau Doktor meint, dass könnte an den vielen Tabletten liegen, die ich wegen meiner Krankheit schlucken muss, und das würde sich geben, aber damit will sich meine Mama nicht abfinden. Sie hat Angst um mich. Deshalb fasst sie kurzerhand den Entschluss, selbst für mich zu kochen. So wie sie aussieht, kocht sie bestimmt gut- ich lasse sie es probieren und nehme mir vor, guten Willen zu zeigen. Ich hätte es nicht geglaubt, aber ich fange mit Appetit an zu futtern und beginne sogar zuzunehmen. Was sie aber auch alles für mich zaubert! Ihre Hunde- Menüs machen jedem Fünf- Sterne- Hotel Konkurrenz. Soll ich Euch einen Auszug aus meiner Speisekarte verraten? Aber nicht neidisch werden: Geschmortes Putenbrustfilet an Basmati- Reis mit Möhrchen in acht Kräutern und einem Häubchen aus Hüttenkäse, Hähnchenbrust in Gemüsebrühreis mit Petersilie, Gedünstetes Rindfleisch an Kartoffelpüree mit Leipziger Allerlei, Putenhackfleisch auf Reisnudeln mit Gemüsevariationen und Kräutern… Muss ich noch mehr sagen? Das schmeckt! Mama achtet darauf, dass ich immer genug Vitamine und verschiedene gute Öle bekomme. Besonders freut sie sich, dass ich den Hüttenkäse so gerne fresse. Das soll wohl gut für meine Beinchen sein. Wenn sie »Cottage cheese« ruft, komme ich ganz schnell angelaufen, denn auch die Mieze nascht gern davon. Außerdem meint Mama, früher haben die Dorfhunde auch kein Hundefutter gehabt und sind sogar mit den Resten des Menschenessens alt geworden. Na ja, wenn sie meint… Wie auch immer, ich habe mich wieder aufgerappelt und wiege jetzt fünf Kilogramm. Ich bin putzmunter und ein lebhafter kleiner Hund.

Morgens gehen wir das erste Mal Gassi, wenn andere Leute noch schlafen. Es ist dunkel und die eiskalte Winterluft pfeift um meine Ohren. Unbändige weiße Massen säumen Straßen und Wege. Der weiße Teppich aus Schnee wird jeden Tag dicker, ich versinke bis zum Bauch. Auch wenn ich dieses weiße kalte Etwas aus Zypern nicht kenne, macht es Spaß zu flitzen und zu wühlen. Mama sagt immer, ich stecke im falschen Körper- eigentlich hätte ich ein Lawinensuchhund werden sollen. Ich kann gar nicht genug bekommen, durch den Schnee zu stapfen. Mit den großen Flocken, die jeden Tag vom Himmel fallen, spiele ich Fangen. Ich jage sie, bis sie im Teppich verschwunden sind und seinen Flausch verstär- ken. In diesen weißen Bergen lässt es sich so herrlich buddeln. Manchmal schaut nur noch die dunkle Spitze meines Schwänzchens aus dem Schnee heraus und zeigt an, wo ich gerade bin.

Wenn der eisige Wind die wattetragenden Schneewol- ken verjagt, wogt über uns das Sternenmeer, Sterne in unendlicher Zahl und unendlicher Weite. Manchmal schauen wir uns mit Mama den leuchtend gepunkteten Nachthimmel an und träumen gemeinsam. Ich weiß zwar nicht, wovon Mama träumt, doch manchmal muss es etwas Schönes sein, weil ihre Knopfaugen so strahlen, manchmal sieht sie aber auch sehr nachdenklich aus. Sie

50

kennt ein paar Sternbilder und erklärt sie mir. Da ist der Große Hund östlich vom hellen Band der Milchstraße. Der hellste Stern heißt Sirius, wie das Tierheim auf Zypern, wo es so traurig war, aber auch mein Glück begann. Mama behauptet, der Sirius sei mein Glücksstern. Sie spricht auf unseren Gassi- Gängen überhaupt viel mit mir. So erfahre ich auch, dass die alten Babylonier und Griechen, wer immer das auch sein mag, in dem Sternbild Großer Hund einen Hund sahen, der den Jäger Orion begleitet. Also, wenn der Hund ich bin, dann muss Mama Orion sein, denn ich begleite sie ja. Nun, das passt auch, Mama hat etwas von einem Jäger. Das wird der Urtrieb sein, denn Mama ist nicht nur Jäger, sondern auch Sammler. Auf unseren Streifzügen durch die Natur findet sie immer etwas, was sie gebrauchen kann, mal eine Wurzel, die wie ein Tier aussieht, mal einen seltsam geformten Stein, die dann einen Ehrenplatz im Garten bekommen, mal weggeworfene Schneeglöckchen oder Krokusse, denen sie wieder Leben einhaucht. Und den Jagdtrieb fürchtet der hofeigene Marder am meisten. Mit dem habe ich auch schon Bekanntschaft geschlossen und ihm mit lautem Gebell zu verstehen gegeben, dass er hier nichts zu suchen hat.

Der Schnee hinterlässt bei mir einen tiefen Eindruck, es ist der Haupt- Eindruck von diesem Deutschland. Auch wenn es schön ist, in seinen Bergen zu toben und mit den Schneeflocken Fangen zu spielen, vermisse ich doch die Wärme meiner Heimat, Sonnenstrahlen, die mit ihrem gleißenden Licht und ihren streichelnden Fingern nach mir greifen. Warm ist es nur im Haus. Wenn ich mich nach unseren Spaziergängen auf den Boden lege, steigt eine wohlige Wärme auf, die sanft die Kälte aus meinem kleinen Körper treibt und meinen Bauch kitzelt. Ich habe keine dicke Schicht unter meinem Fell, die mich vor der Kälte schützen kann. Mama hat ja ein Mäntelchen für mich gekauft, aber bisher habe ich mich erfolgreich und mit allen Raffinessen gegen ein Anziehen gewehrt. Auch wenn ich noch so klein bin, ich bin ein Mann! So läuft doch kein Hund herum! Damit ich nicht friere, dauern unsere Spaziergänge nicht allzu lange. Wenn wir dann zu Hause ankommen, lege ich mich auf ein weiches weißes Fell direkt vor den Kamin und genieße das Flackern der Flammen. Wie von sanften Flügeln getragen, satt und zufrieden, schlafe ich ein.

Mittlerweile bin ich drei Wochen bei meiner neuen Familie. Mama sagt, ich sei zwar ein süßer Hund, aber ich sehe mit meinem zotteligen Fell aus wie ein Räuber. Vom Bürsten halte ich nämlich nicht so viel. Ich mag zwar das Krabbeln der Borsten auf meiner Haut, aber noch mehr mag ich die Bürste zwischen meinen Zähnen. Deshalb geht Mama mit mir in einen Hundesalon. Mir gefällt das Baden, Föhnen und Scheren gar nicht. Nur weil Mama es so will, lasse ich alles über mich ergehen und halte still. Das Resultat allerdings kann sich sehen lassen: Hervorgekommen ist ein schicker kleiner Pudel, wie mir der große Spiegel im Salon zeigt. Zuerst denke ich, dort steht ein anderer Hund und knurre ihn an. Ich bekomme aber schnell mit, dass dieser hübsche kleine Kerl, der mich neugierig anschaut, kein anderer ist als ich. Mein Fell glänzt in allen Beige- Schattierungen von

Eierschale über Champagner bis Beach, die Löckchen kringeln sich wie bei einem Perser- Mantel. Wenn die Sonne ihre Strahlen auf mein Fellchen zaubert, sieht es so schön aus wie Perlmutt. Ich bin nicht wiederzuerkennen. Jetzt bin ich kein Räuber mehr, sondern von Adel, meint Mama. Mein Name ist nicht mehr einfach nur Nicky, sondern wie es sich für den Adel schickt, habe ich jetzt ein »V« in meinem Namen: Nicky von Zypern. Man hat mir noch einen zweiten Adelstitel gegeben, denn meine Menscheneltern nennen mich auch manchmal »Nicky Runter vom Sofa«. Ich bin ganz stolz und zeige mich allen erhobenen Hauptes.

Willkommene Unterbrechung des Hausputzes-
eine Runde kuscheln

Nicky nach der Rückkehr aus dem Hundesalon- schick, aber ein mageres Häufchen Hund

Hunde- Weihnacht

Ende Dezember feiern die Menschen ein Fest, das sie Weihnachten nennen. Papa schmückt eine schöne grüne Tanne mit bunten Kugeln. Die finde ich sehr interessant. Sie schaukeln wie die kleinen Zapfen meiner Lieblingszypresse im Wind. Sicherlich kann man damit herrlich spielen, und vielleicht schmecken sie auch gut. Wenn ich doch nur mal alleine wäre, um das auszuprobieren! Aber Papa passt auf. Mama dagegen zaubert in der Küche die herrlichsten Düfte, die meinen sonst so empfindlichen Magen erfreuen. Ich weiche ihr nicht von der Seite, immer in der Hoffnung, etwas von den Leckerbissen zu erhaschen. Ich weiß ja, wie ich Mama um den Finger wickeln kann! Wenn ich sie mit meinen schwarzen Knopfaugen anhimmle, kann sie mir sowieso nicht widerstehen. Mama nascht auch gerne mal beim Essenzubereiten. Deshalb sieht sie es auch nicht so verbissen, wenn ich bettelnd zu ihr aufschaue. Ich glaube, sie ist froh über jeden Happen, den ich Leichtgewicht zu mir nehme. Jeder Hundeerzieher schlägt jetzt wahrscheinlich die Hände über dem Kopf zusammen, aber das ist uns egal. Mama sagt immer, Hauptsache, mir geht's gut und sie kann damit leben.

Und dann sehe ich doch, wie Mama allerhand Sachen aus Gläsern, Büchsen und Flaschen in einen riesengroßen Napf schüttet. Der Napf ist viel größer als ich, kugelrund und glitzert im Lampenlicht in allen Facetten. Geheimnisvoll wirft er das Licht in vielen Farben an Wände und Decken. Was da wohl drin sein mag,

was macht sie wieder Leckeres? Sie nennt es spaßiger-
weise «Großmutters obergäriges Obst- Inferno», andere
nennen es wohl Bowle.

Am nächsten Abend beginnt ein Gewusel- die Kinder
von Mama und Papa sind zu Besuch. Alles ist festlich
geschmückt, am Tannenbaum brennen flackernd Kerzen
und spiegeln sich in den bunten Kugeln. Zum Abendbrot
gibt es für die Menschen Kartoffelsalat und Würstchen.
Auch ich bekomme ganz kleine und leckere Hundewürst-
chen. Hmm...die schmecken gut! Dann packen alle ihre
Geschenke aus. Was da alles zum Vorschein kommt! Ich
werde auch reichlich beschenkt. Ist das eine Freude, als
ich meine Päckchen selbst aufmachen darf! Was heißt
aufmachen, meine Pfötchen und Zähnchen kämpfen nur
sekundenlang mit dem Papier und den Bändern, dann
liegt schon ganz viel Spielzeug vor mir. Besonders gefällt mir ein quietschendes Brathähnchen, in das man so
schön hineinbeißen kann. Mieze bekommt eine fiepende
Maus. Das Quietschen und Fiepen übertönt ab jetzt die
Weihnachtsmusik und geht allen auf die Nerven, aber
mir gefällt es. Das Geschenkpapier schredder ich zur
Freude aller Anwesenden in tausend bunte Schnipsel,
die ich im Wohnzimmer verteile.

Wenn alle sich etwas schenken, muss ich mir doch für
Mama und Papa auch etwas einfallen lassen. Ich bin aber
doch noch so klein und habe auch kein Geld! Nur kurz
überlege ich, dann bin ich in der Diele verschwunden.
Ich bin ganz ruhig, keiner merkt in dem Trubel, dass
ich fehle. Nur Mieze beäugt mein Tun misstrauisch.

Mama wollte schon lange einen neuen Teppich für die Diele, aber Papa sagt immer, der tut es noch eine Weile. Also sorge ich dafür, dass Mama einen neuen Teppich bekommt. Ich finde am Rand ein paar Fädchen und beginne, den Teppich systematisch zu zerlegen. Dabei beweise ich echtes Geschick. Ich muss nämlich gründlich vorgehen, weil Papa fast alles reparieren kann. Als man das Dilemma bemerkt, ist es zu spät. Mama kriegt sich vor Lachen gar nicht mehr ein. So einfach kann man einem Menschen eine Freude machen! Auch für Papa habe ich mir etwas ausgedacht: Weil er seine Ruhe über alles liebt, werde ich zumindest heute die Mieze nicht ärgern und diesen Langschwanz weitestgehend ignorieren.

Am späteren Abend kommt dann »Großmutters obergäriges Obst- Inferno« auf den Tisch. Jeder nimmt sich immer und immer wieder davon in seinen Napf. Die Näpfe werfen, wenn man sie zum Mund führt, bunte Strahlen und bringen sie zum Tanzen. Was da alles drin ist, weiß ich nicht, aber das Inferno bringt alle beim Trinken zum Lachen. Bisher dachte ich immer, Inferno sei etwas Schlimmes. Nun habe ich wieder etwas gelernt: Ein Inferno kann auch lustig sein, zumindest wenn es obergärig ist.

Mehr oder weniger erfolgreiche Erziehungsversuche

Ein Tag nach dem anderen vergeht. Mein geschundener kleiner Körper beginnt sich zu erholen, ich fresse gut und nehme an Gewicht zu. Nur Hundefutter will ich nach wie vor nicht, mit Ausnahme einer Sorte Welpen-Trockenfutter und Hundewurst. Die esse ich aber nur von einem bestimmten Fleischer. Deshalb kocht Mama weiter extra für mich.

Da mir auch Leckerli nicht schmecken, ist es nicht so einfach, mich zu bestechen, damit ich etwas tue, was ich gar nicht will. Meine Erziehung gestaltet sich so recht schwierig. Ich bin ein echter Federwisch, schnell überall und nirgends und habe lauter Flausen in meinem kleinen Kopf. Neben dem Teppich gehen auch Papas Brille und zwei paar Schuhe bereits auf mein Konto. Aber niemand nimmt mir das übel- schließlich bin ich noch klein und der Schaden hält sich in Grenzen.

Nach Beginn des neuen Jahres muss Mama wieder arbeiten. Jetzt bleibe ich tagsüber bei Papa zu Hause. Vormittags geht er mit mir immer Gassi. Wir wohnen mitten im Grünen und brauchen nur wenige Meter zu laufen, um je nach Gefallen auf einer Wiese, einem Feld oder im Wald zu toben. Ich zeige Papa schon, wo ich hin will. Durch die unbändigen Schneemengen ist die Auswahl unserer Wege sowieso beschränkt. Die Last der weißen Massen lässt die Bäume traurig aussehen, ihre Äste recken sich nicht fröhlich dem Himmel entgegen, sondern ächzen gequält. Ich glaube, auch die Bäume sind froh, wenn der eiskalte Winter vorbei ist und sie wieder dem Gezwitscher der Vögel lauschen können. Erwartungsvoll sammeln die Knospen Kraft, um bei den ersten Strahlen der Frühlingssonne aufzubrechen. Aber da müssen sie, wie ich, wohl noch eine Weile Geduld zeigen.

Papa übt jetzt mit mir die wichtigsten Kommandos. »Sitz« und »Platz« klappen schon ganz gut, mit »Bleib« habe ich noch so meine Probleme. Gar nichts wissen will ich von »Aus«. Da haben meine Menscheneltern noch ein ganzes Stück Arbeit vor sich. Spielen wir mit dem Bällchen, höre ich auf »Bring«. Sagt man »Gib« zu mir, bin ich taub. Wenn ich etwas in meinem Mäulchen habe, will ich es auch behalten. Schließlich musste ich die längste Zeit meines Lebens verzichten. Und wenn ich den Langschwanz jage, höre ich einfach weg. Aber Mieze weiß sich zu wehren. Treibe ich es gar zu toll, haut sie auch mal zu. Spätestens dann ist »Aus«.

Mama und Papa sprechen sehr viel mit mir. Auch wenn ich den Sinn ihrer Worte nicht verstehe, so lausche ich doch dem Klang ihrer Stimmen und kann daraus vieles entnehmen. Schön sind meine Kosenamen. Wenn Mama oder Papa »Nicky« oder auch »Feivel« oder »Fellchen« sagen, weiß ich, es ist alles gut und ich bin ein lieber Hund. Aber wenn sie »Hund« rufen und die Stimme heben, ist es besser, wieder brav zu sein. Spätestens jetzt muss ich hören, was ich auch manchmal schon tue. Aber keiner bezeichnet mich als Köter oder Biest, egal was ich vor

60

Übermut auch gerade anstelle. Ich glaube, Mama und Papa lieben mich sehr.

Manchmal sieht es in der Wohnstube aus wie im Spielraum einer Kita. Mein Spielzeug ist schön gleichmäßig über die gesamte Fläche verteilt, dazwischen habe ich in der Laufschneise die zerbissenen Latschen der Familie drapiert, und mein Kauknochen steckt wieder in der Couchritze. Meine Hundewurst bunker ich für schlechte Zeiten hinter dem Sofakissen und unter dem Läufer.

Papa stolpert im Flur wieder über meine Plüschratte und landet mit einem eleganten Ausfallschritt auf meiner Quietsche- Ente, die daraufhin stöhnend ihr Leben aushaucht. Die stibitzte Toilettenpapier- Rolle liegt abgespult und zerfetzt in der Wohnung und begräbt die Ente unter sich. Das Papier weist eventuellen Besuchern den Weg von der Eingangstür bis auf die Terrasse.

Mieze stürzt sich hungrig auf ihre Schüssel, aber da ist nichts mehr. Dafür habe ich einen Kullerbauch. Satt und zufrieden belausche ich mit stoischem Blick und gähnendem Mäulchen ihr Gezeter aus sicherer Entfernung. Haben auf Zypern die Langschwänze beim Kampf um Nahrung gesiegt, bin ich in meinem neuen Zuhause immer eine Nasenlänge voraus. Und kann ich bei Mieze nichts mopsen, hat garantiert Mama etwas Leckeres vergessen, nickysicher wegzuräumen.

Das alles meint Mama bestimmt damit, wenn sie sagt, ich habe ihr Leben komplett auf den Kopf gestellt. Und wenn ich dann noch auf den Teppichboden ein Pfützchen setze, was auch mal passiert, ist ihr Leben wieder ganz schnell auf den Füßen, weil sie nach dem Teppichreiniger und dem Lappen rennt. Da macht sie richtig flinke Hufe! Aber sie nimmt meine kleinen Malheurs nicht tragisch. Im Gegenteil: Manchmal sagt sie zu Papa »Wenn das so weiter geht, haben wir einen nagelneuen Teppichboden, weil jede Stelle gründlich geschrubbt wurde.«

Auch wenn ich Papa ganz doll lieb habe, bin ich doch ein Mama- Hund. Sobald sie von der Arbeit nach Hause kommt, schlägt mein Herz Purzelbäume. Das Auto hat noch nicht den Hof erreicht, da weiß ich schon, gleich ist Mama da. Ich renne auf sie zu so schnell ich kann. Meine Augen fragen: »Hast Du mir was mitgebracht?« Mein Köpfchen und meine Vorderbeinchen verschwinden in ihrer Handtasche. Irgendetwas Interessantes finde ich immer darin. Den Kopf in der Tasche laufe ich dann mit Mama von der Garage ins Haus. Eigentlich bin ich für einen Handtaschenhund doch ein bisschen zu groß, aber die Vorderhälfte passt hinein und zum Wühlen ist auch noch Platz. Zufrieden bin ich erst, wenn ich etwas aus der Tasche in meinem Mäulchen habe. Am liebsten fasse ich Mamas Haarbürste, aber ich wollte auch schon ihr Handy stibitzen. Das fand sie dann allerdings doch nicht so gut.

Schatten der Vergangenheit

Bei unseren Spaziergängen tut mir nach einer Weile mein Hinterbeinchen weh, und ich nehme es hoch. Ich will nicht klagen, doch ich möchte so gerne wie andere kleine Hunde ohne Schmerzen die Welt erkunden. Das kann ich nur bedingt. Manchmal, wenn wir etwas weiter laufen, merkt Mama, dass ich nicht mehr kann. Dann kuschel ich mich in ihre Arme und lasse mich ein Stückchen tragen. Dafür bin ich aber noch zu jung, und Mama und Papa werden langsam alt.

Am 12.01.2011 wird mein Beinchen das erste Mal operiert. Als wir in die Tierklinik fahren, weiß ich nicht, was auf mich zukommt. Ich begrüße freudig erregt den Herrn Doktor mit dem grünen Fell. Er freut sich auch, mich zu sehen und erinnert sich an den kleinen Zyprioten mit dem wuscheligen Fell. So etwas wie mich hat er auch nicht alle Tage in einer Kleinstadt- Praxis. Mit seiner ruhigen Stimme spricht er mit mir und meiner Mama. Nach einer kurzen Untersuchung bekomme ich einen Pieks in mein Vorderpfötchen. Ich höre Mama noch sagen: »Passen Sie gut aus meinen Nicky auf«, dann fallen mir schon die Augen zu. Bis ich schlafe, hält Mama mein Köpfchen, und ich schaue in ihr Gesicht. Mit dem beruhigenden Gefühl, dass sie bei mir ist, habe ich keine Angst, ich weiß ja auch nicht, was passiert. Im Traum sehe ich lauter Sachen, die die Menschen Werkzeug nennen- Hämmer, Meißel, Bohrer, Sägen und Schraubendreher. Was das zu bedeuten hat, erfahre ich erst später.

Als ich gegen Abend wieder aufwache, trage ich einen riesigen Schirm um den Hals. Mein Kopf ist noch benebelt, mein Bein tut weh, und Mama ist nicht da. Der Schirm behindert jede Bewegung. Ich möchte natürlich sehen, was mit meinem Beinchen ist, kann es aber nicht erreichen. Nicht einmal meine Zunge reicht bis dorthin, und es juckt doch so! Langsam wird mein Kopf wieder klar, und damit kommt die Angst. Wo ist meine Mama? Ich möchte ganz laut nach ihr rufen, aber mein Hals ist dick und die Stimme heiser. Hat sie mich auch verlassen und hier abgegeben? Ich weiß, dass es hier eine Tierauffangstation gibt, in die man herrenlose Hunde und Katzen und solche, die man nicht mehr haben will, abgeben kann. Habe ich doch zu viel Unfug getrieben, und Mama und Papa wollen mich nicht mehr? Mein Herz ist schwer wie ein Stein. Traurig sitze ich in meiner Box und warte. Aber ich brauche nicht lange auszuharren. Irgendwann abends ist Mama da, man legt mich in ihre Arme. Überglücklich schmiege ich mich an sie und lasse mich ins Auto tragen- laufen kann ich nicht.

Zu Hause angekommen, schaue ich in den großen Flurspiegel. Ich sehe nicht mehr aus wie ein Hund, sondern wie ein Exemplar aus einem Lampenladen! Aber um mich darum zu kümmern, bin ich noch viel zu müde. So verschlafe ich die erste Nacht nach meiner großen Operation. Am nächsten Tag beginne ich vorsichtig herumzulaufen. Der Schirm behindert mich so sehr, dass ich verrückt spiele. Ich kann nicht richtig fressen und trinken, poltere überall gegen, und Mieze kann ich auch nicht jagen. Beim Gassi- Gehen entgehen mir die »Duftenden Wegrand-

64

Nachrichten«, und wenn ich versuche, die Zeitung zu lesen, schaufel ich mit meinem Schirm die Erde auf wie ein Radlader. Mit mir werden Mama, Papa und Mieze verrückt. Das ist kein Zustand! Hundegott sei Dank ist Mama erfinderisch. Sie strickt mir einen langen Strumpf mit Bändern, damit ich nicht an meiner Wunde lecken kann, und bindet mir die Enden am Rücken zusammen. Das Anziehen ist zwar bei mir Zappel- Phillip ein Unterfangen von immensem Ausmaß, aber dafür bin ich jetzt diesen Schirm los. Mit meinem fellfarbenen melierten Strumpf sehe ich aus wie das Hundependant zu Captain Hook, also irgendwie außergewöhnlich, und bin nicht mehr so an meinen Aktivitäten gehindert. So lerne ich langsam wieder, mein Beinchen aufzusetzen.

Mama erzählt mir, dass der Doktor mit dem grünen Fell mein völlig schief zusammengewachsenes Beinchen gerichtet hat. Damit es hält, wurde es mit einer Platte und sieben Schrauben stabilisiert. Ich weiß zwar nicht so richtig, was das alles bedeutet, doch nach einer gewissen Zeit merke ich, dass ich besser und mit weniger Schmerzen laufen kann. Auch wenn das mit vielen Hindernissen verbunden war, bin ich meinen Menscheneltern unendlich dankbar, dass sie sich so darum kümmern, die Vergangenheit nicht mehr an meinem kleinen Körper und meiner Seele fressen zu lassen.

Als sei es jetzt nicht genug, ergibt die Nachuntersuchung meines Beinchens, dass durch die Begradigung nicht, wie erhofft, auch die Kniescheibe gehalten wird. Bei meinem Unfall auf Zypern, als das Ungeheuer mit den leuchtenden Augen mich verschlingen wollte, wurde nämlich nicht nur mein Beinchen offen gebrochen, sondern es sind auch die Bänder im Kniegelenk gerissen. Wenn die Kniescheibe herausspringt, nehme ich nach wie vor das Beinchen hoch und hoppel auf zweieinhalb Beinen durchs Leben. Dafür ist aber der Bruch schon so gut verheilt, dass man sich in Anbetracht meines jungen Alters entschließt, die Platte wieder zu entfernen. Das heißt also wieder Tierklinik, wieder Angst, wieder Schirm und wieder Schmerzen.

Am Gründonnerstag bringt mich Mama in die Tierklinik. Zum zweiten Mal werde ich, Mamas Gesicht vor den Augen, in das Land der Hundeträume versetzt, man baut wieder an meinem Bein herum. Außerdem ist noch so manches an meinem Bäuchlein zu reparieren. Aber diesmal ist danach alles anders. Mir geht es sehr, sehr schlecht. Vielleicht war diese Marathon- Operation einfach zu viel für mich kleinen Kerl.

Vier Tage lang versetze ich Mama und Papa in Angst, vier Tage lang Bangen, Hoffen und Verzweiflung. Ich liege einfach nur zitternd da, kann weder fressen noch trinken und auch mein Geschäft nicht machen. Ich sehe, wie die Regenbogenbrücke sich in ihrer Farbenpracht von der Erde zum Himmel spannt. Immer wieder erschallt von der anderen Seite der Ruf: »Nicky komm´, komm´, hier ist es schön, hier hast Du keine Schmerzen mehr, hier kannst Du den ganzen Tag mit Deinen Hundefreunden auf saftigen grünen Wiesen spielen, hier herrscht ewiger Frühling, besser kannst Du es nicht haben.« Aber ich will noch nicht gehen! Ich habe doch

66

Mama und Papa gerade erst gefunden. Wie kann ich ohne sie leben? Hin- und hergerissen wie ich bin, kämpft Mama mit allen Mitteln um mich.

Wärmende Decken schützen meinen zitternden Körper. Tröpfchenweise versucht Mama, mir Flüssigkeit einzuflößen, auch wenn ich mich wehre. Nachts hält sie mich in ihren Armen und schläft mit mir auf dem Teppich. Eine kleine Lampe brennt, und ihre Arme umfangen mich wie die Schwingen eines Vogels sein Küken. Ich spüre ihren Herzschlag und ihre Angst. Herz an Herz kämpfen wir um mein Leben- mein Herz weint und Mamas blutet. Wir brauchen uns doch so sehr! Wegen mir werden das erste Mal in Mamas langem Leben zu Ostern keine Eier gefärbt, am Ostersonntag gibt es nicht einmal Mittagessen für die Familie. Statt dessen kümmert sich der tierärztliche Notdienst um mich. Alle Zeit, alle Liebe und Aufopferung gehören mir. Unter diesen Umständen kann ich doch Mama und Papa nicht antun, einfach zu gehen!

Sonntagabend sage ich endlich »Ja« zum Leben und beginne, mich aufzurappeln. Ganz langsam und in kleinen Schritten fange ich an, mich zu erholen. Ich will den bunten Regenbogen von der Erde aus sehen, ich will meine Lieblingszypresse noch oft begrüßen und mich in ihrem wiegenden, raschelnden Rhythmus verlieren. Meine lange Wanderung in ein neues Leben soll nicht umsonst gewesen sein!

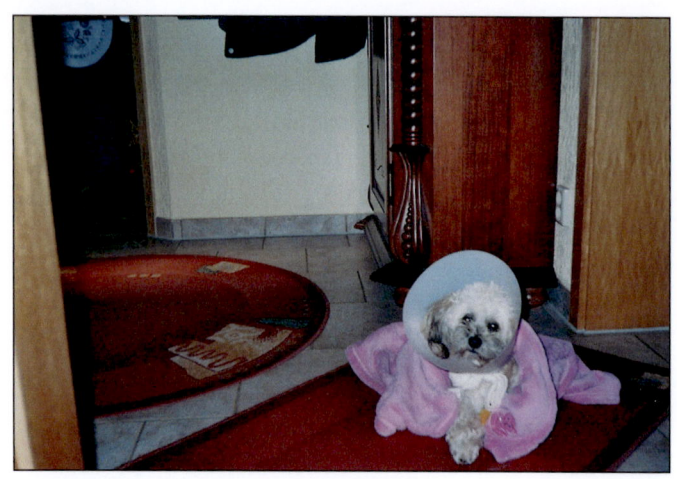

Dramatische Tage- Nicky nach seiner zweiten Operation

Nicky auf dem Weg der Genesung

Nickys Revier

Gemeinsamer Mittagsschlaf auf der Hollywood- Schaukel

Hund im Glück

Meine Entscheidung, nicht über die Regenbogenbrücke zu gehen, ist für meine Menscheneltern das schönste Geschenk. Ich höre heute noch die Steine poltern, die von ihren Herzen gefallen sind. Sie lieben mich noch mehr als vorher, und ich bin ihnen so dankbar, wie ein kleiner Hund nur dankbar sein kann. Wenn ich sie mit meinen Knopfaugen anschaue, Mama strahlt und Papa schmunzelt, sind alle Strapazen und das Leid vergessen. Ich bemühe mich, schnell gesund zu werden, aber das ist dieses Mal nicht so einfach. Der Himmel wird noch oft den Regen zur Erde schicken, die Sonne sich noch häufig über den Erdrand schieben, der Mond und die Sterne noch vielfach glitzern und im Morgenlicht verblassen, bis ich wieder richtig und ohne Schmerzen laufen kann. Doch ich merke heute schon, dass sich die Quälerei gelohnt hat. Der Doktor mit dem grünen Fell ist sich ganz sicher, dass ich in ein paar Wochen mein Beinchen uneingeschränkt nutzen kann. Tag für Tag fühle ich, wie es besser wird. Ganz vorsichtig beginne ich, mein Beinchen immer öfter aufzusetzen und meine neue Welt weiter zu erkunden. Das Paradies hinter dem Regenbogen kann noch ein bisschen auf mich warten. Hier ist es für einen kleinen Hund auch schön. Ich habe alles, was ich brauche, und noch viel, viel mehr.

Wegen meiner Behinderungen möchte Mama nicht, dass ich die Treppe in den oberen Teil der Menschenhütte laufe. Zu groß ist ihre Furcht, ich könnte fallen und mich wieder und noch mehr verletzen. Meine Körbchen

70

im Erdgeschoss nutze ich nur am Tage zum Ausruhen und natürlich zum Bunkern. Wenn Papa und Mama zu Bett gehen, will ich nicht alleine unten bleiben. Wir haben es ausprobiert, aber meine Angst ist zu mächtig. Also beschlossen meine Menscheneltern einfach, dann schlafe ich eben mit in der Schlafstube. Dazu müsste ich allerdings jeden Tag die Treppe überwinden. Ist Schlafenszeit, warte ich ganz brav, bis mich Mama auf den Arm nimmt und hoch trägt. Diesen kurzen Moment genieße ich besonders. Weil Mama sich mit mir auf den Armen nicht wehren kann, bekommt sie jeden Abend eine Vollschleckung, ob sie will oder nicht. Oben angekommen beginnt unser Zu- Bett- Geh- Ritual: Ehe ich mich auf mein weiches Bettchen lege, greife ich mir Mamas Socken. Mit ihnen zwischen meinen Pfötchen und im Mäulchen schlafe ich sofort ein. Ohne Socken geht gar nichts. Vergisst Mama einmal, sie mir zu geben, fordere ich sie lautstark ein oder mache mich selbst auf die Suche. Spätestens dann kriege ich sie ganz schnell, weil Mama auch irgendwann einmal schlafen will.

Mein Bettchen steht direkt neben Mamas Schlafplatz. Nie wieder soll ich mich verlassen fühlen. Ich höre Papa und Mama atmen, wenn ich lausche, ob sie noch da sind. Manchmal besucht uns auch die Mieze, aber das stört mich nicht. Sie sucht nur ein angenehmes Plätzchen für ihre Nachtruhe, und wir lassen uns in Frieden. Mein Bettchen liebe ich. Flauschige, duftende Kuscheldecken umhüllen streichelnd meinen kleinen Körper und lassen mich schnell ins Land der Hundeträume gleiten. Morgens nach dem Aufstehen warte ich dann wieder an der Treppe, bis ich hinuntergetragen werde. Niemals habe ich bisher versucht, alleine die Treppe zu bewältigen, sie flößt mir Respekt ein.

Draußen im Garten, auf der Wäscheleine, flattern meine frisch gewaschenen, bunten Kuscheldecken zum Trocknen im Wind. Sie tragen den Duft bis in meine kleine Nase, wenn ich auf dem Weg zu meiner Lieblingszypresse durch den Rasen, die Sträucher und die Blumen streife. Jede Woche bekomme ich neue watteweiche Decken in mein Bettchen gelegt. Sie duften herrlich, mal wie eine Frühlingswiese, mal wie Hibiskus, Rose oder Apfel. Abends, wenn wir schlafen gehen, kuschel ich mich ganz tief in den Duft ein. Ich wurstel mir meine Decken so zurecht, wie ich es als angenehm empfinde. Dann schlafe ich zufrieden ganz schnell ein. Nur manchmal denke ich noch an den fürchterlichen Geruch und mein Bretterbett im Tierheim auf Zypern…

Jetzt haben wir April, der Frühling ist erwacht. Sanft wiegen sich Narzissen und Papageientulpen mit ihren gestreiften Blättern im Wind. Früh am Morgen glitzert der Tau auf den Blättern, bis die aufsteigende Frühlingssonne die Kühle der Nacht vertreibt. Winzige grüne Sprosse, verletzlich und zart, durchbrechen die nach neuem Leben duftende Erde. Im Grün des sprießenden Rasens räkeln sich Gänseblümchen und Butterblumen der wärmenden Sonne entgegen. Die ersten Schmetterlinge flattern von Blüte zu Blüte auf der Suche nach zuckersüßem Nektar. Die Fische im Teich schwimmen sich langsam aus der Winterstarre und beobachten in allen Farben schillernde Libellen, die wie Hubschrauber immer größer werdende Kreise ziehen. Bunte Vögel wippen auf den Ästen und singen dem Frühling ein Lied. Sie alle genießen wie ich das Hier und Jetzt mit allen Sinnen.

Über den Zypressen im Garten spannt sich ein farbenprächtiger Regenbogen. Ich schaue zu ihm hinauf und denke voller Traurigkeit an all die großen und kleinen Hunde, die es nicht geschafft haben und über die Regenbogenbrücke gegangen sind. Ich denke aber auch voller Liebe und Dankbarkeit an all die Menschen, die mir mein jetziges Leben ermöglicht haben.

Wenn ich ganz gesund bin, das hat Mama versprochen, fliegen wir in meine Heimat Zypern und besuchen das Sirius Shelter. Ich möchte allen dort noch ausharrenden Hunden Mut machen, indem ich ihnen meine Geschichte erzähle...

Toben und spielen- Nicky nach 5 Monaten im neuen Zuhause

Okkupation des Nachbar-Grundstücks

Nicky on tour

Relaxen

Nachwort

Eigentlich sollte dieses Büchlein bereits im April fertig sein. Es musste aber Juni werden, bis ich so weit war. Job, Haushalt, Familie, Garten und Nicky forderten ihren Tribut.

Nicky ist jetzt ein Jahr alt. Wann er im Juni 2010 genau geboren wurde, weiß niemand genau. Also haben wir seinen Geburtstag einfach auf meinen gelegt und auch gefeiert.

Nicky ist ein ganz besonderer Hund. Trotz seiner schlimmen Vorgeschichte und den Strapazen, um ihm ein Leben ohne Schmerzen zu ermöglichen, hat er den Glauben an die Menschen nicht verloren. Er ist ein kleiner Kämpfer, der geduldigste und liebste kleine Hund der Welt und ein Ausbund an Fröhlichkeit- sein zweiter Name ist Unfug. Jeden Tag dankt er uns für seine Rettung tausendfach mit bedingungsloser Liebe, er bereichert unser Leben unendlich. Aus einem Häufchen Elend ist ein glücklicher Hund geworden, der trotz eines Humpelbeinchens fröhlich durchs Leben flitzt.

Die beiden Operationen haben sich gelohnt- das Hinterbeinchen ist vollkommen wiederhergestellt und niemand, der Nickys Geschichte nicht kennt, kann glauben, wie es vorher war.

Nicky ist unser erster Hund- von Hundeerfahrung kann also keine Rede sein. Wir lieben ihn nicht nur, wir vergöttern ihn, ohne dabei zu vergessen, er ist und bleibt ein Hund. Er wird nicht vermenschlicht und kann seine

76

Ur- Instinkte ausleben. Sicherlich machen wir bei seiner Erziehung längst nicht alles richtig, aber wir können mit seinen wenigen Macken gut leben. Wir würden unseren Nicky immer wieder nehmen und sind glücklich über unsere Entscheidung für ihn.

Ich danke Frauke Neumann, der damaligen 1. Vorsitzenden des Vereins Zypernhunde e.V. und jetzigen 1. Vorsitzenden des Vereins Hundeliebe- grenzenlos e.V., dass sie auf unsere Bewerbung hin so viel Vertrauen hatte, um Nicky an uns zu vermitteln. Sie gibt uns noch heute so manchen Ratschlag und ist ein gutes Stück »Schuld« daran, dass dieses Büchlein entstanden ist. Sie war auch die erste, die die Geschichte lesen durfte und noch einige Tipps parat hatte.

Mein Mann ließ sich breit schlagen, weil ich unbedingt einen Hund haben wollte. Er war zwar nicht gerade dafür, aber auch nicht dagegen. Heute kann er sich ein Leben ohne unseren Nicky auch nicht mehr vorstellen und liebt ihn genauso wie ich. Danke dafür.

Mein innigster Dank geht auch an das Praxisteam von Frau Dr. Germann in Beeskow und Herrn Dr. Matzke & Partner in Fürstenwalde, insbesondere an Herrn Dr. Lenzke, der sich mit Nicky so viel Mühe gab und mit seiner tierärztlichen Kunst den größten Anteil daran hat, dass Nicky wieder schmerzfrei laufen kann. Er sorgte dafür, dass für Nicky keine Gefahr mehr besteht, bei der kleinsten Verletzung des Beinchens, die bei so einem lebhaften Hund schnell mal passiert, dieses zu verlieren.

Ich danke dem Verein Zypernhunde e.V. herzlich für die komplikationslose und unbürokratische Übernahme der Operationskosten, die unser Budget sonst ganz schön gesprengt hätte.

Vielen Dank auch an unsere Nachbarn linkerhand, die nicht nur dulden, dass Nicky ihr Grundstück okkupiert und mit als sein Revier vereinnahmt hat, sondern darüber auch noch glücklich sind und ihn verwöhnen.

Letztendlich gilt mein Dank meiner Familie und meinen Freunden, die mich immer wieder ermutigt haben, beim Schreiben von Nickys Geschichte nicht aufzugeben.

Und: Nicky, mein Sonnenschein, danke, dass es Dich gibt!